北京文选

先秦至宋代卷

万安伦 编著

北京日报出版社

图书在版编目（CIP）数据

北京文选. 先秦至宋代卷 / 万安伦编著. — 北京 :
北京日报出版社, 2021. 6
ISBN 978-7-5477-3939-6

Ⅰ. ①北… Ⅱ. ①万… Ⅲ. ①中国文学—作品综合集
②中国文学—古典文学—作品综合集—先秦时代—宋代
Ⅳ. ①I211

中国版本图书馆CIP数据核字(2021)第058781号

北京文选 先秦至宋代卷

出版发行：北京日报出版社
地　　址：北京市东城区东单三条8-16号东方广场东配楼四层
邮　　编：100005
电　　话：发行部：（010）65255876
总编室：（010）65252135
印　　刷：河北宝昌佳彩印刷有限公司
经　　销：各地新华书店
版　　次：2021年6月第1版
2021年6月第1次印刷
开　　本：787毫米×1092毫米　1/16
印　　张：16.25
字　　数：225千字
定　　价：58.00元

总　序

北京是伟大祖国的首都，是全国的政治中心、文化中心、国际交往中心和科技创新中心。“文化之都”是北京最闪耀的城市标识。北京文化底蕴深厚，文化境界高远，不仅是全国文化中心，在国际上也享有崇高的文化地位。源远流长的古都文化、丰富厚重的红色文化、特色鲜明的京味文化、蓬勃兴起的创新文化，共同构成了首都文化这篇大文章。系统梳理北京文化发展史以及发掘城市发展史上的文化精粹，具有重要的历史和文化价值。

一、编辑出版《北京文选》的历史价值和现实意义

（一）编辑出版《北京文选》是传承发展中华优秀传统文化的重要举措

党的十八大以来，习近平总书记多次强调要传承发展中华优秀传统文化。他认为：“中华文明绵延数千年，有其独特的价值体系。中华优秀传统文化已经成为中华民族的基因，植根在中国人内心，潜移默化影响着中国人的思想方式和行为方式。”“优秀传统文化可以说是中华民族永远不能离别的精神家园。”中华文明是世界上唯一历史从未中断的传奇文明，虽历经磨难，却总能浴火重生。最根本的原因就是有深深植根于民族基因的伟大精神支撑和崇高价值追求。把这种精神支撑和价值追求发掘出来、传播开来、振奋起来，是《北京文选》的崇高使命。

（二）编辑出版《北京文选》是发掘整理北京历史和北京文化的当务之急

北京是一座有着三千多年历史的文化古都。早在殷商时期，北京地区已是较有规模的部落定居点，已具备城市的雏形。从公元前1045年周武王在殷商原有封城的基础上分封蓟封国和燕封国算起，北京的建城史至少

有3066年了。而北京的建都史若算上辽的陪都历史（公元938年起）应有1083年，若从金主完颜亮迁都中都（公元1153年）算起也有868年了。漫长的城市发展和历史积淀，为北京孕育了博大精深的城市文化和灿烂辉煌的城市文明。认真梳理、采撷、阐释这些文化精粹和文明精华，是总结回望北京丰厚城市记忆的重要手段，也是发掘整理北京历史和北京文化的当务之急。

（三）编辑出版《北京文选》有利于形成对“京津冀协同发展”历史必然的文化认同

京津冀文化源远流长，史脉清晰，在历史上是属于同一文化圈的。京津冀文化圈，其主体是历史上的燕赵文化，特别是“战国七雄”之一燕的文化。韩愈说：“燕赵古称多感慨悲歌之士。”“感慨悲歌”的燕赵文化形象和崇文尚武的文化品格，是历史上京津冀地区的主要文化气质和文化标签。京津冀文化具有“山海表里”的一体化地缘（东临大海，西抵太行，北枕燕山，南近黄河），崇文尚武的一体化精神（价值观念和语言方式相近），“麦柿枣栗”的一体化物产习俗（物产、饮食、服饰等风俗相似），“京畿直隶”的一体化历史（京津冀具有统一管理的历史先例）。《北京文选》中的“北京”是一个历史概念。历史上燕、蓟的地域范围，跟今天的京津冀地域有很大重合度。《北京文选》中所选诗文的发生地并不局限于今天的北京地区，有些是发生在今天的津冀地区。编选《北京文选》有利于形成对“京津冀一体化”历史必然的文化认同。

（四）编辑出版《北京文选》有利于产生“不忘初心，继续前进”的精神动力

北京在历史上是多个朝代的首都，因此北京文化既是地域的，又是超地域的。北京文化既要体现地域文化，又要彰显国家文化。这个特点决定了《北京文选》与其他任何地域文选具有不同的性质和特征。历朝历代的文化精英对北京“人、事、物、景、情”的书写和描摹，是北京地域文化和中国传统文化的重要组成部分和珍贵遗存。发掘整理这些历史遗存和

文化精粹，优中选优，犹如把散落的珍珠串成一串璀璨的项链。编辑出版《北京文选》，兼具学术研究创新和传统文化普及的双重功能，有利于首都市民和全国人民在建设首都、复兴中华民族的伟大征程中，凝聚精神，汇聚力量，“不忘初心，继续前进”。

二、《北京文选》的选编原则和基本遵循

（一）“直接描写北京”的选编原则

编选者商定的选编原则，其完整的表达就是“将直接描写北京的人、事、物、景、情的一级好作品精选入编”。所选作品必须是对北京的人物、事件、风物、景致和情感的直接描摹，否则不予选编。北京籍作家的作品，如果该作品不“直接描写北京”，也不选入。

（二）“历史北京”的选文视野

“北京”是一个历史概念，它曾使用的名称有蓟、燕、广阳、涿郡、幽州、南京、中都、大都、北平、京师、北京等，不仅名称繁杂，更重要的是地理和行政区划在每个时代都未尽一致。我们选文时，采用历史的视野和历史的态度来看待“北京”这样一个具有三千多年历史的地理文化概念。

（三）“近”“知”“美”的选文标准

近，是指所选作品与北京的关系要密切，要切近；知，是指所选作品要有向读者传播有关北京的相关历史和文化知识的功能，换句话说，编选者想做一本有关北京历史和文化知识的普及读物；美，是指所选作品的艺术性和思想性要高，要让读者获得良好的审美感受。

（四）前宽后严的选材态度

由于北京的城市地位经历过部落定居点、封国方城、大国边城、国家都城（其间还经历过“陪都”“少数民族政权国都”“统一的多民族国家政权的首都”的发展阶段）的发展过程，其作为中华民族文化中心的地位是在最近这一千年中逐渐形成的，北京在上古和中古时期的历史文化积累远比近古要少，而且缺乏系统的梳理和总结，因此此次选文采取的是前宽

后严的选材态度。

（五）短小精悍的选文模式

考虑到读者的阅读心理和阅读习惯，特别是当下“碎片化阅读”已成趋势，因此所选作品要短小精悍。对于具有重要历史信息和文化价值的较长文章，采用节选和精选的方式。有些非常长的文章，像《新唐书·玄宗本纪》《金史·海陵本纪》《入燕录》等，则只截取很短的几段，不求文章完整，只求将集中体现北京文化和北京风貌的内容选取出来，为读者奉上文选精粹，也为北京历史和北京文化的研究者和探寻者留下线索和导引。

（六）博采众长的校勘原则

所选作品以权威版本为依据，在原文和注释的校勘方面博采众长，积极吸收前人的研究成果，进行综合考量和判断。

三、编辑出版《北京文选》的开放思路和未来期许

盛世修典。《北京文选》算不上大典，但我们还是以修典的心情和责任感来对待它。

《北京文选》所选文章的时间跨度极大，从有文字记载开始到当下。我们还希望将之延至未来，即在古代、近现代和当代部分完成后，在今后每过一段时间，都搜集并发掘新的佳作，继续精编优秀美文，将《北京文选》做成一项开发式、开放式、可持续的长期出版工程，使《北京文选》成为北京文化和传统文化建设方面独特而亮丽的品牌。

经过较长时间的认真编选，《北京文选》各卷将陆续和读者见面。因无前例可援，并受编选者水平之限，错误和不当之处在所难免，敬俟批评指正！

是为序。

北京日报出版社

2021年6月

序　言

北京城是华夏子孙50米等高线生存智慧的卓越选择和集中体现，随着从猿向人进化的逐渐完成，原始人类也逐渐从太行山脉和燕山山脉往北京小平原会聚，北京小平原开始出现大大小小规模不等的原始部落定居点。由于地势和水源优越，现在的北京西城广安门一带和北京房山董家林一带逐渐会聚起两个较有规模的部落定居点。北京城就是从这两个部落定居点开始逐步发展的。

“北京”是一个历史概念，在宋代及以前，北京的名称主要有燕、蓟、广阳、涿郡、幽州、南京、中都等。西周初年，周王室封黄帝之后（一说帝尧之后）于蓟（今北京西城广安门一带），封召公于燕（今北京房山琉璃河董家林一带）。蓟、燕这两个“封国方城”，前者为北京城的直接源头，后者为北京城的间接源头。西周末年至春秋初年，北方山戎强大起来，他们灭掉了蓟封国，并迫使燕封国将都城南迁。后燕国向当时最强大的齐国求救，“春秋五霸”之首的齐桓公亲自带兵帮助燕国扫平山戎。此时蓟国已灭，燕国就将都城迁到原来蓟国的都城蓟城，此所谓“燕都蓟城”。蓟国从此就从历史上消失了。燕国经燕昭王招贤而国力大增，成为“战国七雄”之一。秦统一六国后，燕地被划分为广阳、右北平等五郡。汉初郡国并行，除设广阳郡外，还封燕国、置燕王。王莽篡位后将广阳郡改名为“广有郡”（一说“广公郡”）。北京在魏晋南北朝时期称“燕国”或“燕郡”，隋称“涿郡”，唐称“幽州”，辽称“南京”，金称“中都”。

北京城在历史发展的进程中，经历了四次大的地位和功能的转变和提升。第一次是从“部落定居点”变为“封国方城”，这个过程是在公元前1045年完成的；第二次是从“封国方城”变为“大国边城”，这个过程是在公元前221年完成的；第三次是从“大国边城”变为“国家都城”，其间经历了作为陪都的辽南京、作为少数民族政权首都的金中都和作为统一的多民族国家的首都元大都、明京师、清北京这样的三个台阶；第四次是从“国家都城”变为“国际大都市”，这个过程开始于改革开放。北京城功能和地位的一次次跨越提升，也是这座城市文化和品格的一次次跨越提升。

在北京城漫长的历史演进和文化发展过程中，先秦至宋代，应该说是其城市发展史上极其重要的历史奠基和结构形成期，也是北京文化的孕育发生和初步成长时期。《北京文选》（先秦至宋代卷）选文的历史跨度很大，选取的是从周代到宋代两千多年间直接描写北京人、事、物、景、情的一级好文。这些文章都是根据“近”（与北京的关系切近）、“知”（传播北京历史文化知识）、“美”（具有很高的审美蕴涵）的选文标准，从浩如烟海的历史文献中选编出来的。对于在北京城市发展史上具有重要影响的历史事件和历史人物，文选给予了重点关注，如“召公封燕”“召虎营谢”“燕昭王求贤”“乐毅蒙冤”“安史之乱”“海陵王迁都”“徽钦二帝的幽云情结”等，文选都给予了特别关照。

《北京文选》（先秦至宋代卷）精选了81篇文章，包括诗、词、文、赋、传、书、行记、铭文、墓志等古代各类代表性文体。按朝代分，先秦12篇，汉代6篇，三国两晋南北朝12篇，隋唐五代28篇，宋辽金23篇。按体例分，诗51首，词3首，赋1篇，散文14篇，传记7篇，书信1封，行记实录2篇，出土文献2则。文选对朝代的平衡和文体的兼顾均有所考虑。特别要提及的是，文选将近年来北京城市发展历史和北京文化发展历史中的考古发现也纳入了选编视野，如1986年出土于北京房山琉璃河董家林燕都遗址的盉鼎铭文、2013年出土于北京房山长沟镇的唐代幽州卢龙节度使刘济的墓志铭，均由于史料价值突出、文辞蕴藉优美，而被列于文选之中。

是为前言。

万安伦

2021年6月

目　录

先秦时期

汉代时期

三国两晋南北朝时期

隋唐五代时期

宋辽金时期

先秦时期

甘　棠

——《诗经》

蔽芾甘棠①，勿翦勿伐②，召伯所茇③。
蔽芾甘棠，勿翦勿败④，召伯所憩⑤。
蔽芾甘棠，勿翦勿拜⑥，召伯所说⑦。

【导读】

《诗经》中歌颂的召伯有两个，一个是周初的召公奭（shì），另一个是“周召共和”时期的召伯虎。《甘棠》歌颂的召伯就是召公奭。召公奭与北京关系极其密切，他是周王初封的燕侯，是第一位见诸史记的燕地要人。关于周初燕国都城的确切位置，在北京房山琉璃河古燕都遗址未被发现时，人们对这个问题的认识莫衷一是。北京房山琉璃河董家林古城的发现，证实北京房山琉璃河是西周早期最初的燕国都城。这一史实也表明，召伯与燕地有着直接的关系。

《史记·燕召公世家》中记载了这首诗的写作背景：“召公之治西方，甚得兆民和。召公巡行乡邑，有棠树，决狱政事其下，自侯伯至庶人，各得其所，无失职者。召公卒，而民人思召公之政，怀棠树，不敢伐，歌咏之，作《甘棠》之诗。”许多民间传说和地方志中的资料也都与司马迁所记互证。召公听讼甘棠树下的故事流播广远。召伯巡行，所到之处不占用民房，只在甘棠树下停车驻马、听讼决狱、搭棚过夜。这种体恤百姓疾苦，不搅扰民间，而为民众排忧解难的人，永远为民称颂。

《甘棠》被认为是怀念召伯（召公奭）（也有学者认为是讽刺召伯）的诗作。《毛诗序》云：“《甘棠》，美召伯也。”《郑笺》云：

"召伯听男女之讼，不重烦百姓，止舍小棠之下而听断焉，国人被其德，说其化，思其人，敬其树。"

本诗选自《诗经·国风·召南》。

【注释】

①蔽（bì）芾（fèi）：一说小的样子；一说树木高大茂密的样子，指甘棠树枝繁叶茂。甘棠：棠梨，杜梨，一种落叶乔木，颜色白，果肉圆，形状小，味道发涩。

②翦：通"剪"，修剪（枝叶）。

③召（shào）伯：《史记》认为，召公奭经常在甘棠树下听老百姓诉讼，为他们审判断案，排解纠纷。今之召公镇又有召公甘棠树下听讼的传说和地面实证，也有他在这里操练军队的历史事实。所以，这首诗应该就是歌颂召公奭的。《左传》《毛诗正义》等皆如此认为，但也有争议。现代人陆侃如、冯沅君在其所著《中国诗史》中认为："在《诗经》中，召伯和召公截然为二人。"召公指的是召公奭；召伯指的是他的后代，周厉王、周宣王时的召虎。他们认为《甘棠》一诗中的召伯不是召公奭，而是召虎。还说，《诗经》中涉及召公、召伯的诗共五首，召伯之名凡三见：《国风·甘棠》："召伯所茇。"《小雅·黍苗》："悠悠南行，召伯劳之。"《大雅·崧高》："王命召伯，定申伯之宅。"但无论是召公奭还是召伯虎，都是燕地卓越的领袖人物。茇（bá）：草舍，此处用作动词，意为居住。

④败：折，破坏。

⑤憩（qì）：休息。

⑥拜：扒。

⑦说（shuì）：停留，停车休息。

《诗经》

《诗经》是我国第一部诗歌总集，收集了自西周初年至春秋中叶五百多年的诗歌三百零五篇。先秦称《诗经》为《诗》，或取其整数称《诗三百》《三百篇》。《诗经》中涉及召公家族以及商族起源的部分篇章与北京关系密切，例如《甘棠》《江汉》《玄鸟》等。

史书记载，周武王封黄帝之后（一说帝尧之后）于蓟，封召公于燕。东汉班固《汉书·地理志》和清代江永《春秋地理考实》都说燕国的初都是今北京市西城区广安门一带的古蓟城。董家林古城的发现，证实北京房山琉璃河是西周早期最初的燕国都城所在地。根据《逸周书·尝麦解》的记载，商族产生之前，少昊部落最初居住在古涿鹿，即永定河上游桑干河与洋河的交汇处。《山海经·海内经》上有关北海、幽都和黑水的记载，讲的就是玄鸟氏族所生活的古燕山地理环境和风貌。“殷”与“燕”两字古音相同，古燕山地区既可称“燕”，也可称“殷”：称“燕”是源于族属，称“殷”是源于地理。正是由于殷契降生于北京，所以北京商代称“契”。

江　汉

——《诗经》

江汉浮浮[1]，武夫滔滔。
匪安匪游[2]，淮夷来求[3]。
既出我车，既设我旟[4]。
匪安匪舒，淮夷来铺[5]。

江汉汤汤[6]，武夫洸洸[7]。
经营四方，告成于王。
四方既平，王国庶定[8]。
时靡有争，王心载宁[9]。

江汉之浒[10]，王命召虎：
式辟四方[11]，彻我疆土[12]。
匪疚匪棘[13]，王国来极[14]。
于疆于理[15]，至于南海。

王命召虎：来旬来宣[16]。
文武受命，召公维翰[17]。
无曰予小子[18]，召公是似[19]。
肇敏戎公[20]，用锡尔祉[21]。

釐尔圭瓒[22]，秬鬯一卣[23]。
告于文人[24]，锡山土田。
于周受命[25]，自召祖命[26]。

虎拜稽首[27]：天子万年！

虎拜稽首，对扬王休[28]。
作召公考[29]，天子万寿！
明明天子[30]，令闻不已[31]。
矢其文德[32]，洽此四国。

【导读】

这首诗应是召公奭的后代召伯虎所作。召公奭和召伯虎都是燕地领袖，其封国今在北京房山琉璃河。郭沫若《青铜时代》：“《大雅·江汉》之篇，与世存《召伯虎簋铭》之一，所记乃同时事。《簋铭》云：‘对扬朕宗君其休，用作列祖召公尝簋。’《诗》云‘作召公考，天子万寿’文例正同。”有人据此，认为全诗都是簋铭，作者就是召伯虎。《毛诗序》以为这首诗是尹吉甫所作，现在的人们以其无据多不相信。细读诗文，可以看出，的确是召伯虎所作。诗中有“王命召虎”“虎拜稽首”等语。诗中一般的陈述则自称为“我”，而一旦同周天子联系起来则称“召虎”或“虎”，由此则可以更肯定作者为召伯虎。召伯虎是北京地区又一重要历史人物，谥为召穆公。

据《后汉书·东夷传》记载，周厉王时期，因为政治昏乱，东方的淮夷入侵。周宣王之时，在消除玁狁之患后，宣王又亲征，平定了淮夷之乱。宣王驻于江汉之滨，命召伯虎率军扫除其他叛乱势力。召伯虎取胜归来，受到宣王表彰赏赐，召伯虎作铜簋纪其事功，并作此诗，歌颂其祖之德与周天子之英明。

《毛诗序》：“《江汉》，尹吉甫美宣王也。能兴衰拨乱，命召公平淮夷。”符合诗的主题，但说是尹吉甫所作，恐系附会。有人怀疑，诗本身就是古器物簋的铭文。朱熹提出诗词同古器物铭“语正相类”。方玉润干脆认为《江汉》就是“召穆公平淮铭器”之铭词。

本诗选自《诗经·大雅·荡之什》。

【注释】

①浮浮：水盛的样子。

②匪：同“非”。

③来：语助词，含有“是”的意义。求：通“纠”，诛求，讨伐。

④旟（yú）：画有鸟隼的旗。

⑤铺：止，驻扎。陈师以伐之。

⑥汤（shāng）汤：水势大的样子。

⑦洸（guāng）洸：威武的样子。

⑧庶（shù）：庶几。几乎，差不多。

⑨载：则。

⑩浒（hǔ）：水边。

⑪式：发语词。辟：与“阙”同，开辟。

⑫彻：井其田也，引申为治理。

⑬疚（jiù）：病，害。棘：“急”的假借。

⑭极：准则。

⑮于：意义虚泛的助词，其词义取决于后面所带之词。

⑯旬：遍。

⑰召（shào）公：指召公奭，文王之子，封于燕，为召伯虎的先祖。维：是。翰（hàn）：通“幹”，骨干人才，比喻能胜重任的人。

⑱予小子：宣王自称。

⑲似：“嗣”的假借。

⑳肇敏：图谋。戎：女。公：功也，事功。

㉑用：以。锡：赐。祉（zhǐ）：福禄。

㉒釐（lài）：“赉”的假借，赏赐。圭瓒（zàn）：用玉作柄的酒勺。

㉓秬（jù）：黑黍。鬯（chàng）：一种香草，即郁金，姜科，多年生。卣（yǒu）：带柄的酒壶。

㉔文人：先祖之有文德者，指周文王。

㉕周：岐周，周人发祥地。

㉖自：用。召祖：召穆公之祖康公。

㉗稽（qǐ）首：古时礼节，跪下拱手磕头，手、头都触地。

㉘对：报答。扬：称扬。休：美，此处指美好的赏赐册命。

㉙考：“簋（guǐ）”的假借。簋，一种古铜制食器。

㉚明明：勉勉。

㉛令闻：美名，美好的声誉。

㉜矢：“施”的假借。

崧 高

——《诗经》

崧高维岳[1]，骏极于天[2]。
维岳降神，生甫及申[3]。
维申及甫，维周之翰[4]。
四国于蕃，四方于宣。

亹亹申伯[5]，王缵之事[6]。
于邑于谢，南国是式。
王命召伯[7]：定申伯之宅。
登是南邦，世执其功。

王命申伯：式是南邦。
因是谢人，以作尔庸。
王命召伯：彻申伯土田。
王命傅御[8]：迁其私人[9]。

申伯之功，召伯是营。
有俶其城，寝庙既成[10]。
既成藐藐，王锡申伯：
四牡蹻蹻[11]，钩膺濯濯[12]。

王遣申伯：路车乘马。
我图尔居，莫如南土。

锡尔介圭，以作尔宝。
往近王舅[13]，南土是保。

申伯信迈，王饯于郿。
申伯还南，谢于诚归[14]。
王命召伯：彻申伯土疆。
以峙其粻[15]，式遄其行。

申伯番番，既入于谢。
徒御啴啴[16]，周邦咸喜。
戎有良翰，不显申伯。
王之元舅，文武是宪。

申伯之德，柔惠且直[17]。
揉此万邦，闻于四国。
吉甫作诵[18]，其诗孔硕。
其风肆好，以赠申伯。

【导读】

《崧高》记叙和吟诵了申伯受周宣王之命，迁居封地谢邑一事。可见，当时申伯封谢确实是件大事。全诗主旨在于歌颂申伯辅佐周室、镇抚南方诸国的功劳。西周末期，伴随着王室的衰微，南方申、吕、应、陈、唐等一些逐渐强大的诸侯国对王室屡有抗命不遵的情形。周宣王为了控制、抚绥南方诸国，选派王室贵戚，委命颇具威望的申伯去做南方方伯。诗歌反复描述周王分封时的殷切叮咛，特意描述了京师之人在申伯启程时的欢欣鼓舞，以及期待其能够完成镇抚南方的良好愿景。

“王命召伯：定申伯之宅。登是南邦，世执其功”是全诗诗眼，写出了召伯虎受周王之命，为申伯选址定宅之事，其对周王室南方疆域的安宁和稳定具有巨大影响和盖世之功。“申伯之功，召伯是营”，营治谢地这样的要冲重邑，非文治武功卓著的燕侯召伯虎无人能当此大任。

谢邑是申国国都，关于谢邑的位置，一说在今河南省南阳市金华乡谢营，一说在今河南省唐河县苍台谢家庄。

本诗选自《诗经·大雅·荡之什》。

【注释】

①崧（sōng）：一作“嵩”，山高而大。维：是。岳：山之尊者，如东岳泰山、西岳华山、南岳衡山、北岳恒山、中岳嵩山。

②骏：大。极：至。

③甫：甫侯，周穆王大臣。申：申伯，申封国君长，周宣王母舅。

④翰（hàn）：“幹”之假借，筑墙时树立两旁以障土之木柱。

⑤亹（wěi）亹：勤勉的样子。

⑥缵（zuǎn）：继，使之继其先世之事。

⑦召伯：召穆公姬虎。

⑧傅御：申伯家臣之首。

⑨私人：家人。

⑩寝庙：周代庙和寝合称“寝庙”。

⑪蹻（jué）蹻：强壮勇武的样子。

⑫钩膺（yīng）：马颈腹上的带状装饰。濯（zhuó）濯：光明的样子。

⑬迈（jì）：语助词，犹“哉”。

⑭谢于诚归：即“诚归于谢”。

⑮粻（zhāng）：粮食。

⑯啴（tān）啴：众盛的样子。

⑰柔惠：温良恭顺。

⑱吉甫：尹吉甫，周之卿士。诵：工师所诵之词。

黍　苗

——《诗经》

芃芃黍苗[1]，阴雨膏之。
悠悠南行[2]，召伯劳之。

我任我辇[3]，我车我牛[4]，
我行既集[5]，盖云归哉[6]！

我徒我御[7]，我师我旅。
我行既集，盖云归处！

肃肃谢功[8]，召伯营之。
烈烈征师[9]，召伯成之。

原隰既平[10]，泉流既清。
召伯有成，王心则宁。

【导读】

《黍苗》是周宣王时徒役赞美召伯营治谢邑之功的作品。召伯又称“召伯虎”，史称“召穆公”，周朝人物，遗物有“召公簋”。本诗歌颂的召伯虎是北京城市发展史上的一位重要的历史人物。

燕国是周初由周天子分封的诸侯国，后来发展成“战国七雄”之一，是历史上西周到春秋战国时期汉族在中国北方建立的一个强大诸侯国。全盛时期的燕国疆域范围大致为今天的北京、天津全部，河北、辽宁、山西、内蒙古以及朝鲜的一部分。第一代燕主是周文王之子召公奭。燕召公姬奭至燕惠侯，中间九世无名无谥，自燕惠侯以下有谥无名。燕惠侯在位时，周厉王逃到彘，周定公和召穆公共同执政，这一年称“共和元年”（公元前841年）。共和元年起，中国历史开始有了明确纪年。除此之外，成语“防民之口，甚于防川”和历史名词“周召共和”，都和召穆公有着密切的关系。

《黍苗》这首诗叙述的是燕侯召伯（召伯虎）执行周王指令，为周王元舅申伯圆满完成营治谢邑任务之时，随行者唱出的诗歌。“原隰既平，泉流既清”，是说召伯经营谢邑绝非仅修城池而已，还为谢邑营造了必要的生存环境。修治田地、清理河道只是末节，但连这些都已安排到位，就不会有什么疏漏了。这个时候，谢邑作为周王朝挟控南方诸国的重镇已建成，周宣王心中始得安宁。“召伯有成，王心则宁”，于篇末点题，为全诗睛目。“为周营谢”，是燕地要人召伯虎的重要历史贡献。

本诗选自《诗经·小雅·鱼藻之什》。

【注释】

①芃芃（péng péng）：既长且大的样子。

②悠悠南行：指燕侯召伯虎千里迢迢南行谢地。

③任：挑担。辇（niǎn）：拉车。

④车：手扶车行。牛：牵牛帮助车行进。

⑤集：成。

⑥盖：通“盍”，何不。

⑦徒：步行。御：驾车。

⑧肃肃：严正的样子。

⑨烈烈：威武的样子。

⑩原：高且平之地。隰（xí）：低且湿之地。

周王册封召公奭为燕侯（节选）

——召公封燕出土铭文

王曰：太保[1]，隹乃明，乃鬯享于乃辟[2]。余大对乃享，令克侯于匽[3]。

【导读】

本文节选自北京房山琉璃河董家林西周燕都遗址出土的青铜器“盉”的铭文。这个铭文见于一件叫作“盉”的青铜器上，铭文记载了周王对太保召公的褒奖和分封召公于燕的事迹。铭文：“王曰：太保，隹乃明，乃鬯享于乃辟。余大对乃享，令克侯于匽。”大致意思如下：“周王说：‘太保，你贤能明德，你还常常以醇酒奉献给君王。为了回报你的忠诚和对君王的尊奉，封你到燕地为侯。’”目前，对于燕国的受封者是召公奭还是他的儿子克，学术界有不同看法，但“太保”就是召公奭、董家林古城就是召公奭的始封地和周初燕国的都城，这一点明确无误。考古学界根据出土文物（箕器）推测，在召公封燕之前，这里曾是商重臣箕子的封地，箕子是殷末周初治理古燕地的主人，而董家林古城则是箕子封于燕的方国都城。这个古城到西周初期也没有被废弃，而是被召公沿用作燕国都城。

与召公相关的另一个文物“太保簋”也值得注意。它是西周早期的器物。据传，出自山东省寿张县梁山下，为“梁山七器”之一，现藏美国费里尔美术馆。“太保簋”为成王时铸造，记载录子反叛，周王令太保前往镇压，战事顺利而受到王之褒奖之事。三监之乱，波及面甚广，录子等这些北方的侯国被裹胁进去。太保燕侯召公奭是平定叛乱的关键人物之一。

【注释】

①太保：召公奭。太保为周王室的三公之一。

②鬯（chàng）：本义是古代祭祀、宴饮用的香酒，用郁金草合黑黍酿成；也代指宗庙祭祀。辟（bì）：君王。“复辟”本义是恢复君王之位。

③匽：古通“燕”。

出土铭文

西周燕初都遗址出土的青铜铭文是重要的考古发现。20世纪50年代到60年代，北京房山琉璃河一带陆续发现一些西周时期的文化遗存。20世纪70年代初，考古学家在琉璃河董家林村发现了一座商周时期的古城遗址，遗址中出土了一批带有“匽侯”铭文的西周早期铜器。1986年秋冬之际，考古发掘发现了一座编号为1193的西周大墓，其遗物中重要的是一罍一盉两件铜器，其铭文为厘清西周初年召公封燕的基本事实起到了关键作用。

召　　诰（节选）

——《尚书》

成王在丰，欲宅洛邑，使召公先相宅，作《召诰》。

惟二月既望[1]，越六日乙未[2]，王朝步自周[3]，则至于丰[4]。

惟太保先周公相宅[5]，越若来三月[6]，惟丙午朏[7]。越三日戊申[8]，太保朝至于洛[9]，卜宅[10]。厥既得卜[11]，则经营[12]。越三日庚戌，太保乃以庶殷攻位于洛汭[13]。越五日甲寅，位成[14]。

若翼日乙卯[15]，周公朝至于洛，则达观于新邑营[16]。越三日丁巳，用牲于郊[17]，牛二。越翼日戊午，乃社于新邑，牛一，羊一，豕一。

越七日甲子，周公乃朝用书，命庶殷、侯、甸、男邦伯[18]。厥既命殷庶[19]，庶殷丕作[20]。

太保乃以庶邦冢君出取币[21]，乃复入锡周公[22]。曰："拜手稽首[23]，旅王若公[24]。"诰告庶殷越自乃御事[25]："呜呼！皇天上帝改厥元子，兹大国殷之命[26]。惟王受命，无疆惟休[27]，亦无疆惟恤[28]。呜呼！曷其奈何弗敬[29]？"

……

拜手稽首，曰："予小臣敢以王之仇民百君子越友民[30]，保受王威命明德[31]。王末有成命[32]，王亦显。我非敢勤[33]，惟恭奉币[34]，用供王能祈天永命。"

【导读】

选文记载成王欲迁都洛邑，先派首任燕侯召公奭去经营。周公视察洛邑时，召公奭委托周公旦上书，告诫成王应当敬德，使天命长久。西周早期文献中有关营建洛邑的记载，是研究周初历史的重要资料。从《召诰》的文意来看，其陈述的史实是在洛邑修建完毕之后。因洛邑新建成，在文中称之为“新邑”。值得注意的是，召公作为周武王的开国功臣，被封在燕地（今北京房山董家林），建立臣属西周的诸侯国燕国（亦称“北燕”）。周武王去世，其子姬诵继位，是为周成王。当时周成王在丰地，召公奉命建造洛邑，以完成周武王的遗志，并担任三公之一的太保。除自己的封国外，召公奭主管陕地（今河南陕县）以西的周朝疆土，周公旦主管陕地以东的周朝疆土。在《君奭》篇中能看到这二位辅佐大臣对先王基业的守护与经营。召公治理陕地以西地区时，深受百姓们的拥护。周成王临终前再次托付召公与毕公率领诸侯辅佐太子姬钊即位，是为周康王。周成王死后，召公写作《顾命》，激励周康王姬钊要珍惜先王基业，专心诚意、奉行节俭、舍弃贪欲，以保国运长久。召公在历史上辅佐了周武王、周成王、周康王三代君主，开创四十多年没有使用刑罚的“成康之治”，为周代打下延续近八百年江山的坚实基础。太保召公奭不但是杰出的燕地领袖，同时还是周代乃至古代杰出的政治家。

本文节选自《尚书·周书》。

【注释】

①既望：阴历每月十六日。十五为望，故十六日为既望。

②越：及，到了。言自既望到乙未有六日。

③王：成王。朝：早也。步：徒行也。周：宗周也，地名，史称“镐京”，在今陕西省西安市长安区西，周武王始营之。故谓之“宗周”，又曰“西都”。

④丰：丰邑，在今陕西省西安市鄠邑区。

⑤太保：指召公奭，周文王之子。周公：周文王子，名旦，相武王伐

纣。武王崩，成王幼，周公摄政，诛武庚，杀管叔，放蔡叔，定制度礼乐，制冠婚丧祭之仪，天下大治。薨后谥曰“元”，一云谥“文”。

⑥越若：及也。来：至也。言及至三月也。

⑦朏（fěi）：新月开始发光。

⑧越三日戊申：从丙午到戊申三日。后皆仿此。

⑨洛：洛邑，即东都洛阳。

⑩卜宅：卜居，择所居也。宅：居住。

⑪既：已。卜：占卜，预测事之吉凶，灼龟取兆。

⑫经营：规划营建。

⑬庶殷：殷地庶民。庶：众，庶民。攻位于洛汭：安其所于洛水入河处。攻：作，测。位：安其所曰“位”。洛汭：洛水入河处，旧在河南巩县，今在汜水县西北。水曲流曰“汭”。

⑭位：所处之地。成：功卒业就谓之“成”。

⑮若：及，到了。翼日：明日，第二天。亦作“翊日”。

⑯达：到达。营：营建区域。

⑰用牲于郊：用牲祭祀于郊庙。牲：牺牲，用于祭祀的牛羊等。郊：祭名，冬至祀天于南郊，夏至祀地于北郊。故谓祀天地为“郊”。

⑱命：教令。大曰“命”，小曰“令”。如言诰命。侯、甸、男邦伯：指侯服、甸服、男服之邦伯。邦伯：州牧。

⑲厥：其。既：尽；已。命：使，使人做事。殷庶：与下文“庶殷”皆为殷地之民。

⑳丕：乃，就。作：为，俗作“做”。即建筑都城也。

㉑冢君：谓诸侯各国之君主。冢：长。出取币：出来取了成王赐予的币帛。

㉒复入锡：返还入赐之物。锡：赐。

㉓拜：拜手。先以两手下拱至地，乃以头顿至手。头不至地而至手，故曰“拜手”。又谓之“空首”。稽（qǐ）首：至敬之礼。稽：拜首至地。

㉔旅：陈述，报告。

㉕诰告庶殷越自乃御事：告于殷地的百姓及其治事的官员。越：及，到。

㉖改：更。厥：其。元子：嫡长子。兹：此。命：命运，国运。旧称王者受命于天以有天下，故翊辅开国曰“佐命”，推翻政府曰“革命”。

㉗无疆惟休：指世代享有没有止境的德政。无疆：没有止境，没有穷尽。休：美善也，庆也。此指美政。

㉘亦无疆惟恤：谓世世歆享于此，亦惟体恤之功也。恤（xù）：赈也，赈贫乏曰“恤”；怜悯，抚恤。

㉙曷其：其也。奈何：如何。弗：不。敬：恭也，在貌为恭，在心为敬。致其敬意者，皆谓之“敬”。

㉚予小臣：召公自称，谦辞。仇民：众民。仇：匹，犹“俦”。百君子：百官之有德者。君子：有德者之称。越：及，到。友民：亲民。

㉛保受：保护并接受。保：守，如言保护、保卫。威：尊严。明德：至德。

㉜王末有成命：意指大周天子（光明磊落）终将拥有大德之命。末：终。

㉝我非敢勤：我不敢说自己劳苦功高。勤：劳苦。

㉞惟恭奉币：唯有恭敬地奉上币帛。奉：敬献。

《尚书》

《尚书》是一部多体裁文献汇编，长期被认为是中国现存最早的史书。但是，清华简证明传世的伪古文《尚书》中的一部分为伪书。该书分为《虞书》《夏书》《商书》《周书》。战国时期总称《书》，汉代改称《尚书》，即“上古之书”。因是儒家五经之一，又称《书经》。内容主要是君王任命官员或赏赐诸侯时发布的政令。自汉初以来，有今文、古文两种不同的传本。由秦博士伏生口授、用汉代通行文字隶书书写的二十九篇《尚书》，被称为“今文《尚书》”。西汉时期，相传鲁恭王在拆除孔子故宅的一段夹墙时，发现了另一部《尚书》，是用先秦文字书写的，被称为“古文《尚书》”。古文《尚书》经过孔子后人孔安国整理，篇目比今文《尚书》多十六篇，共计四十五篇。今文和古文《尚书》皆散失于西晋永嘉年间的战乱中。后世流传的《尚书》有辑佚亦有伪托。

《尚书》承载了北京地区远古的诸多信息，涉及幽都地理、燕地历史人物，其中的代表性人物是燕侯召公奭和召伯虎。《君奭》《康诰》《召诰》等篇体现了“天不可信”“时我”“惟人”“天命靡常”“敬德”“保民”等思想，昭示着古代先民早期的“史鉴”观念。

帝尧命和叔守幽都（节选）

——《尚书》

曰若稽古[①]，帝尧曰放勋。钦明文思安安[②]，允恭克让[③]，光被四表[④]，格于上下[⑤]。克明俊德[⑥]，以亲九族[⑦]。九族既睦，平章百姓[⑧]。百姓昭明，协和万邦。黎民于变时雍[⑨]。

乃命羲和[⑩]，钦若昊天[⑪]，历象日月星辰，敬授人时[⑫]。分命羲仲，宅嵎夷[⑬]，曰旸谷[⑭]。寅宾出日[⑮]，平秩东作[⑯]。日中[⑰]，星鸟[⑱]，以殷仲春[⑲]。厥民析[⑳]，鸟兽孳尾[㉑]。申命羲叔，宅南交[㉒]。平秩南讹[㉓]；敬致。日永[㉔]、星火[㉕]，以正仲夏。厥民因[㉖]，鸟兽希革[㉗]。分命和仲，宅西，曰昧谷。寅饯纳日[㉘]，平秩西成[㉙]。宵中[㉚]，星虚[㉛]，以殷仲秋。厥民夷，鸟兽毛毨[㉜]。

申命和叔，宅朔方[㉝]，曰幽都[㉞]。平在朔易。日短[㉟]，星昴[㊱]，以正仲冬。厥民隩[㊲]，鸟兽氄毛[㊳]。帝曰："咨！汝羲暨和。期三百有六旬有六日，以闰月定四时，成岁。允厘百工[㊴]，庶绩咸熙[㊵]。"

【导读】

选文中帝尧命令和叔驻守北方的幽都，辨别观察太阳在北方运行的情况。历史上有"幽云十六州"的说法。"幽"是今北京，"云"是今大同，幽云十六州大抵包括今天的河北北部、山西北部和北京。幽都自古以来是中原王朝阻挡北方游牧民族南侵的战略支点。幽云十六州分别是幽州（今北京）、顺州（今北京顺义）、儒州（今北京延庆）、檀州（今北京密云）、蓟州（今天津蓟州）、涿州（今河北涿州）、瀛州（今河北河间）、莫州（今河北任丘北）、新州（今河北涿鹿）、妫州（今河北怀来）、武州（今河北宣化）、蔚州（今河北蔚县）、应州（今山西应县）、寰州（今山西朔州东）、朔州（今山西朔州）、云州（今山西大同）。

需要注意“幽都”的说法。古代幽州、幽都多指称北京地区，也有泛指北方甚至冥界的。孔颖达《传》：“北称幽，则南称明，从可知也。都，谓所聚也。”蔡沉《集传》：“朔方，北荒之地……日行至是，则沦于地中，万象幽暗，故曰幽都。”《淮南子·修务训》：“北抚幽都，南道交趾。”高诱注：“阴气所聚，故曰幽都，今雁门以北是。”《汉书·扬雄传下》：“夫天兵四临，幽都先加，回戈邪指，南越相夷。”颜师古注：“幽都，北方，谓匈奴。”“幽都”也谓阴间都府。《楚辞·招魂》：“魂兮归来，君无下此幽都些。”王逸注：“幽都，地下后土所治也。地下幽冥，故称幽都。”

本文节选自《尚书·虞书·尧典》。

【注释】

①曰若：用作追述往事开头的发语词，没有实际意义。稽（jī）：考察。古：这里指古时传说。另《后汉书·李固传》注引作“稽，同也。古，天也。言能同天而行者帝尧”。

②钦：恭谨严肃。

③允：诚实。恭：恭谨。克：能够。让：让贤。

④被：覆盖。四表：四方极远的地方。四表也指四海。

⑤格：到达。

⑥俊德：郑康成曰：“俊德贤才兼人者”，即指德才兼备之人。

⑦九族：古《尚书》说九族者，从高祖至玄孙共九代，皆同姓。

⑧平：辨别。章：使明显。百姓：百官族姓。

⑨黎民：民众。于：随着。时：友善。雍：和睦。

⑩羲和：羲氏与和氏，相传是世代掌管天地四时的重黎氏的后代。

⑪钦：恭敬。若：顺从。昊：广大。

⑫人时：民时，天子南面，而视四方星之中，知人缓急，故曰："敬授人时。"

⑬宅：居住。嵎（yú）夷：地名，在东方。

⑭旸（yáng）谷：传说中太阳所出之地。

⑮寅：恭敬。宾：迎接。

⑯平秩：辨别测定。作：兴起，开始。

⑰日中：指春分。春分这天昼夜时间相等，因此叫"日中"。

⑱星鸟：星名，指南方朱雀七宿。

⑲殷：确定。仲：每个季度三个月中的第二个月。

⑳厥：其。析：分散开来。

㉑孳尾：生育和繁殖。

㉒交：地名，指交趾。

㉓讹：运转，运行。

㉔日永：指夏至。

㉕星火：指火星，另有说法，星火为大火之属。

㉖因：居住在高地。

㉗希革：鸟兽皮毛稀疏，郑康成曰："夏时，鸟兽毛疏皮见。"

㉘纳日：指落日。

㉙西成：太阳在西边落下的时刻。

㉚宵中：指秋分。

㉛星虚：指虚星，是北方玄武七宿之一。

㉜毛毨（xiān）：生长新的羽毛，《说文》云："毨，仲秋鸟兽毛盛，可选取以为器用。"

㉝朔方：指北方。

㉞幽都：幽州。

㉟日短：指冬至。

㊱星昴（mǎo）：指昴星，为西方白虎七宿之一。

㊲隩（ào）：通“奥”，指内室。

㊳氄（rǒng）：鸟兽细软的毛。

㊴允：用。厘：治，规定。

㊵庶：众。熙：兴盛。

夏官司马·东北曰幽州（节选）

——《周礼》

职方氏掌天下之图[1]，以掌天下之地，辨其邦国、都鄙[2]、四夷、八蛮、七闽、九貉[3]、五戎、六狄之人民，与其财用、九谷、六畜之数要[4]，周知其利害[5]，乃辨九州之国，使同贯利。

东南曰扬州，其山镇曰会稽，其泽薮[6]曰具区，其川三江，其浸五湖，其利金锡竹箭，其民二男五女，其畜宜鸟兽，其谷宜稻。

正南曰荆州，其山镇曰衡山，其泽薮曰云梦，其川江汉，其浸颍湛[7]，其利丹银齿革，其民一男二女，其畜宜鸟兽，其谷宜稻。

河南曰豫州，其山镇曰华山，其泽薮曰圃田，其川荥雒，其浸波溠[8]，其利林漆丝枲[9]，其民二男三女，其畜宜六扰[10]，其谷宜五种[11]。

正东曰青州，其山镇曰沂山，其泽薮曰望诸，其川淮泗，其浸沂沭，其利蒲鱼，其民二男二女，其畜宜鸡狗，其谷宜稻麦。

河东曰兖州，其山镇曰岱山，其泽薮曰大野，其川河泲[12]，其浸卢潍[13]，其利蒲鱼，其民二男三女，其畜宜六扰，其谷宜四种。

正西曰雍州，其山镇曰岳山，其泽薮曰弦蒲，其川泾汭，其浸渭洛，其利玉石，其民三男二女，其畜宜牛马，其谷宜黍稷。

东北曰幽州，其山镇曰医无闾，其泽薮曰貕养[14]，其川河泲，其浸菑时[15]，其利鱼盐，其民一男三女，其畜宜四扰，其谷宜三种。

河内曰冀州，其山镇曰霍山，其泽薮曰杨纡，其川漳，其浸汾潞，其利松柏，其民五男三女，其畜宜牛羊，其谷宜黍稷。

正北曰并州，其山镇曰恒山，其泽薮曰昭余祁，其川虖池呕夷[16]，其浸涞易，其利布帛，其民二男三女，其畜宜五扰，其谷宜五种。

乃辨九服之邦国。方千里曰王畿，其外方五百里曰侯服，又其外方五百里曰甸服，又其外方五百里曰男服，又其外方五百里曰采服，又其外方五百里曰卫服，又其外方五百里曰蛮服，又其外方五百里曰夷服，又其外方五百里曰镇服，又其外方五百里曰藩服。

【导读】

选文清楚地表明了古代幽州、冀州的地理位置。“医巫闾”又名“医无闾”。汉人郑玄注：“医巫闾在辽东。”唐人贾公彦疏：“医巫闾在辽东，目验知之。汉光武十三年，以辽东属青州，二十四年还属幽州。”《尔雅》则云：“燕曰幽州。”又《吕览》云：“北方为幽州，燕也。”显然，“幽州”的概念是和“燕”的概念紧密关联的。从考古学文化的变迁来看，由于自龙山时代晚期后岗二期文化和夏代二里头文化的传播，辽西地区的考古学文化系统开始了和中原文化不间断的紧密联系，并通过辽西迅速地同步向东北地区腹地推进这种文化的波形传播。“幽州”是东周时期人们对夏商以来北京、冀北和辽西地区独特文化面貌的一种历史追忆和现实总结。而商周时期前燕文化、燕文化与辽西地区文化紧紧地扭结在一起，促使了“幽州”概念的最终形成。

选编本文，目的是让今天的读者认识古代九州的大致范围，并了解古代幽州的大致情况。

本文节选自《周礼·夏官司马第四·大驭》。

【注释】

①图：地图。

②都鄙：王畿内的采邑。

③九貉（hé）：九貉国。

④六畜之数要：六畜的数目。

⑤周知其利害：遍知他们的有利和不利条件所在。

⑥泽薮（sǒu）：大泽。

⑦其浸（jìn）颍湛：它的可资灌溉的水源有颍水、湛水。浸：水源。

⑧波溠（zhà）：波水，溠水，古河流名称。

⑨丝枲（xǐ）：生丝和麻。

⑩其畜宜六扰：那里宜于畜养马、牛、羊、狗、猪、鸡。

⑪其谷宜五种：宜于种植黍、稷、豆、麦、稻。

⑫泲（jǐ）：古河流名。

⑬卢潍（wéi）：卢水，潍水，古河流名称。

⑭貕（xī）养：古大泽名，在今山东莱阳东，久已干涸。

⑮菑（zī）时：菑水，时水，古河流名称。

⑯虖（hū）池：虖，通“滹”，虖池即今滹沱河。

《周礼》

《周礼》是儒家经典，西周时期著名政治家、思想家、文学家、军事家周公旦所著，所涉及之内容极为丰富：大至天下九州，天文历象；小至沟洫道路，草木虫鱼。其中邦国建制，政法文教，礼乐兵刑，赋税度支，膳食衣饰，寝庙车马，农商医卜，工艺制作，各种名物、典章、制度等无所不包，堪称上古文化史的宝库。《周礼》部分篇章有对古代北京（幽州）地理位置的定位与概括，一定程度上展示了中国早期的空间地理观。

庄子仪冤魂杖杀燕简公（节选）

——《墨子》

昔者，燕简公杀其臣庄子仪而不辜[①]。庄子仪曰："吾君王杀我而不辜，死人毋知亦已；死人有知，不出三年，必使吾君知之。"期年[②]，燕将驰祖[③]。燕之有祖，当齐之社稷，宋之有桑林，楚之有云梦也，此男女之所属而观也[④]。日中[⑤]，燕简公方将驰于祖涂[⑥]，庄子仪荷朱杖而击之，殪之车上[⑦]。当是时，燕人从者莫不见，远者莫不闻，著在燕之《春秋》。

【导读】

此段选文是写燕简公杀了他的臣子庄子仪，而庄子仪无罪，最终庄子仪的冤魂索报。在先秦时期，鬼神所指向的乃是冤死的亡魂本身。关于燕简公杀庄子仪一事的记述中，墨子所言的"尝见鬼神之物，闻鬼神之声"，证明有鬼神存在。在对庄子仪的亡魂进行绘声绘色的描述后，篇后还强调："鬼神之诛，若此其憯速也！"在整个索报事件中，诛杀燕简公的唯有庄子仪可见可闻的亡魂。

燕简公是春秋时期燕国的君主。历史上有两个燕简公，一个为春秋时期的姬载，是燕平公之子，公元前504年—前493年在位，是燕国第二十九代君主，史称"燕前简公"；一个是战国时期的姬款，是燕文公之子，公元前414年—前370年在位，是燕国第三十四代君主，史称"燕后简公"。这两个燕简公逝世后皆葬于今北京市广安门附近的蓟城之野。在他们的后裔子孙以及族人中，有以先祖谥号为姓氏者，称"简氏"，世代相传至今，聚族为涿郡简氏。

本文节选自《墨子·明鬼下》第三十一。

【注释】

①不辜：无罪。

②期年：过了一年。

③祖：沮泽。

④男女之所属而观：男女聚会和游览的地方。

⑤日中：正午时分。

⑥涂：道路。

⑦殪（yì）：杀死。

《墨子》

《墨子》是阐述墨家思想的著作，原有七十一篇，现存五十三篇，一般认为是墨子（墨翟）的弟子及后学记录、整理、编纂而成。《墨子》分两大部分：一部分是记载墨子言行，阐述墨子思想，主要反映了前期墨家的思想；另一部分《经上》《经下》《经说上》《经说下》《大取》《小取》六篇，一般称作《墨辩》或《墨经》，着重阐述墨家的认识论和逻辑思想。其中有不少篇章是关于燕地人物的描写，比如燕简公，他与北京有着非常密切的血脉联系。

阪泉之战（节选）

——《列子》

黄帝与炎帝战于阪泉之野，帅熊、罴、狼、豹、貙、虎为前驱，雕、鹖、鹰、鸢为旗帜，此以力使禽兽者也。尧使夔典乐，击石拊石，百兽率舞；箫韶九成[①]，凤凰来仪[②]：此以声致禽兽者也。然则禽兽之心，奚为异人？形音与人异，而不知接之之道焉[③]。圣人无所不知，无所不通，故得引而使之焉。禽兽之智有自然与人童者，其齐欲摄生[④]，亦不假智于人也。牝牡相偶，母子相亲；避平依险，违寒就温；居则有群，行则有列；小者居内，壮者居外；饮则相携，食则鸣群。太古之时，则与人同处，与人并行。帝王之时，始惊骇散乱矣。逮于末世[⑤]，隐伏逃窜，以避患害。今东方介氏之国，其国人数数解六畜之语者，盖偏知之所得。太古神圣之人，备知万物情态，悉解异类音声。会而聚之，训而受之，同于人民。故先会鬼神魑魅[⑥]，次达八方人民，末聚禽兽虫蛾。言血气之类，心智不殊远也。神圣知其如此，故其所教训者无所遗逸焉。

【导读】

关于华夏第一战“阪泉之战”的发生地，学界目前主要有三种说法：其一是北京延庆，其二是河北涿鹿，其三是山西运城。实际上“河北涿鹿说”与“北京延庆说”是可以归为一体的。因两地距离甚近（两地直线距离五十千米左右）。而一场大战，往往都是由若干具体战斗构成的。这次大战发生在北京延庆和河北涿鹿一带，其主战场在北京延庆阪泉山之野。今北京市延庆区西北张山营乡的阪泉之野与史籍中所记载的炎黄阪泉之战的战场环境相当符合。这里一向被称为“郊场重地”和“捍蔽要地”，历来为兵家必争之所。此地有山名“阪山”，阪山南一千米处有地下涌泉，名曰“阪泉”，旁边有两个较大的村庄，一个叫“上阪泉村”，另一个叫“下阪泉村”，阪泉就在上阪泉村内。据《读史方舆纪要》载，阪山亦曰“阪泉山”，“相传轩辕与炎帝战于阪泉之野，即此山也”。

黄帝是否实有其人，阪泉之战是否实有其事？该问题自古以来就众说纷纭。司马迁等一批严肃史家是主张黄帝是实有其人的，阪泉之战也是实有其事的。黄帝与炎帝的阪泉之战，是炎黄部落的汇流之战，也是华夏民族融合的关键一战。

本文节选自《列子·黄帝》（第十八部分）。

【注释】

①箫：竹子制作的管乐器。韶：舜乐的名称。九成：犹九阕。箫韶九成：箫韵之乐，奏九度为一终。

②凤凰来仪：言凤凰飞来跳舞有仪容与姿态，古人常常以为是一种祥瑞。

③而不知接之之道：是说一般人不知接近禽兽的方法。

④摄生：保养身体。

⑤逮：等到。末世：衰败混乱的时代。

⑥魑（chī）魅（mèi）：传说中山林里能害人的怪物。“魑魅魍魉”常连用。

《列子》

《列子》又名《冲虚经》，是道家重要典籍。著作年代不详，大体是春秋战国时代。该书按章节分为《天瑞》《黄帝》《周穆王》《仲尼》《汤问》《力命》《杨朱》《说符》八篇，一百四十章，由哲理散文、寓言故事、神话故事、历史故事组成。基本上则以寓言形式来表达精微的哲理，共有神话、寓言故事一百零二篇。其中有我们较为熟悉的“愚公移山”“歧路亡羊”等。《列子》是列子（列御寇）、列子弟子、列子后学著作的汇编。全书八篇，其中《黄帝》有十九章，《周穆王》有十一章，《说符》有三十章。其中不少神话故事都与北京相关，例如“阪泉之战”，是古代传说中关于北京地区历史信息的想象和记忆。

舜流共工于幽州（节选）

——《孟子》

万章问曰："象日以杀舜为事，立为天子，则放之，何也？"

孟子曰："封之也，或曰放焉。"

万章曰："舜流共工于幽州[①]，放驩兜于崇山[②]，杀三苗于三危[③]，殛鲧于羽山[④]，四罪而天下咸服，诛不仁也。象至不仁，封之有庳[⑤]。有庳之人奚罪焉？仁人固如是乎？在他人则诛之，在弟则封之。"

曰："仁人之于弟也，不藏怒焉，不宿怨焉，亲爱之而已矣。亲之欲其贵也，爱之欲其富也。封之有庳，富贵之也。身为天子，弟为匹夫，可谓亲爱之乎？"

"敢问或曰放者，何谓也？"

曰："象不得有为于其国，天子使吏治其国，而纳其贡税焉，故谓之放，岂得暴彼民哉？虽然，欲常常而见之，故源源而来。'不及贡[⑥]，以政接于有庳'，此之谓也。"

【导读】

选文提及"舜流共工于幽州"。按照古人对"九州"的认识，"幽州"所指包括今天的北京、河北北部和辽西地区。《尚书·舜典》有"流共工于幽州"的记载，《大戴礼记》作"流共工于幽州，以变北狄"，《史记》作"流共工于幽陵，以变北狄"。可见，所谓"幽州"与"幽陵"，两地为一，那时是北狄的活动范围，北狄，又名"北裔"，因此有"以变北狄"之说。"幽州"这一地理概念的形成是“九州”学说中很复杂的一个历史地理问题。九州之说有四：《尚书·禹贡》说、《周礼·大驭》说、《吕览》说、《尔雅》说。其中，《尚书·禹贡》是我国最早的全面记载古代地理区划的专著。今人邵望平研究指出，《禹贡》是客观地以经过长期历史演变形成的人文和自然地理区划为依据完成的，可能反映了早至龙山时代的情形。至于其“九州”是商人追述夏代情形而成，还是周初追述夏、商情形而成，我们可以保守地说其至晚成于西周之初。《周礼》大概成书于春秋战国之交，反映的当有许多早于春秋时代的历史情形，但《周礼·大驭》中的“九州”必以春秋战国时代的地理区划为蓝本。而《吕览》《尔雅》成书更晚，在战国之末，当有对前述两书“九州”说的继承和改造。

本文节选自《孟子·万章章句上》。

【注释】

①共工：古史传说人物。“共工”本为其官名。

②驩（huān）兜（dōu）：人名，其与共工互相勾结，结成死党。崇山：地名，在今湖北省崇阳县南部。

③三苗：古代国名，顽固不服舜的统治，舜因而杀其首领。三危：地名，在今甘肃省敦煌市东南部。

④殛（jí）鲧（gǔn）：殛鲧，杀死鲧。鲧是夏禹的父亲。《史记》：“禹之父曰鲧。”相传他因治水有过而获罪被杀。

⑤有庳（bì）：地名，旧说在今河南道县之北。

⑥及：等到。贡：朝贡。

《孟子》

《孟子》是中国儒家典籍的代表作之一，记录了战国时期思想家孟子的治国思想和政治策略，经孟子和他的弟子记录并整理而成。《孟子》在儒家典籍中占有很重要的地位，为“四书”之一。部分篇章提及古代幽州，是了解远古时代北京的文献资料之一。

报燕惠王书（节选）

——乐毅

臣不佞，不能奉承先王之教，以顺左右之心，恐抵斧质之罪，以伤先王之明，而又害于足下之义，故遁逃奔赵。自负以不肖之罪，故不敢为辞说。今王使使者数之罪，臣恐侍御者之不察先王之所以畜幸臣之理，而又不白于臣之所以事先王之心，故敢以书对。

臣闻贤圣之君，不以禄私其亲，功多者授之；不以官随其爱，能当者处之。故察能而授官者，成功之君也；论行而结交者，立名之士也。臣以所学者观之，先王之举错有高世之心，故假节于魏王①，而以身得察于燕。先王过举，擢之乎宾客之中，而立之乎群臣之上，不谋于父兄，而使臣为亚卿。臣自以为奉令承教，可以幸无罪矣，故受命而不辞。

先王命之曰："我有积怨深怒于齐，不量轻弱，而欲以齐为事。"臣对曰："夫齐，霸国之余教而骤胜之遗事也②，闲于兵甲③，习于战攻。王若欲攻之，则必举天下而图之。举天下而图之，莫径于结赵矣。且又淮北、宋地④，楚、魏之所同愿也。赵若许约，楚、魏、宋尽力，四国攻之，齐可大破也。"先王曰："善。"臣乃口受令，具符节，南使臣于赵。顾反命⑤，起兵随而攻齐。以天之道，先王之灵，河北之地，随先王举而有之于济上。济上之军，奉令击齐，大胜之。轻卒锐兵，长驱至国。齐王逃遁走莒，仅以身免。珠玉财宝，车甲珍器，尽收入燕，大吕陈于元英⑥，故鼎反乎历室⑦，齐器设于宁台。蓟丘之植，植于汶皇。自五伯以来⑧，功未有及先王者也。先王以为惬其志，以臣为不顿命，故裂地而封之，使之得比乎小国诸侯。臣不佞，自以为奉令承教，可以幸无罪矣，故受命而弗辞。

臣闻贤明之君，功立而不废，故著于春秋；蚤知之士，名成而不毁，故称于后世。若先王之报怨雪耻，夷万乘之强国，收八百岁之蓄积，及至弃群臣之日，余令诏后嗣之遗义，执政任事之臣，所以能循法令，顺庶孽者⑨，施及萌隶⑩，皆可以教于后世。

臣闻善作者，不必善成，善始者，不必善终。昔者伍子胥说听乎阖闾，故吴王远迹至于郢。夫差弗是也，赐之鸱夷而浮之江⑪。故吴王夫差不悟先论之可以立功，故沉子胥而不悔。子胥不蚤见主之不同量⑫，故入江而不改。夫免身全功以明先王之迹者，臣之上计也。离毁辱之非，堕先王之名者，臣之所大恐也。临不测之罪，以幸为利者，义之所不敢出也。

臣闻古之君子，交绝不出恶声⑬；忠臣之去也，不洁其名⑭。臣虽不佞，数奉教于君子矣。恐侍御者之亲左右之说，而不察疏远之行也，故敢以书报，唯君之留意焉。

【导读】

《报燕惠王书》是战国时期燕国大将乐毅回复燕惠王的一封信。这封回信在当时影响很大，作者也非常明确。因此，本文作为先秦文章选入。《战国策》完整收录此信。公元前284年，乐毅亲率燕国大军，同时联合赵、韩、魏、楚四国军队，大破当时最强大的齐国，并在半年内连下齐国七十余城，齐国仅余莒城和即墨两城苟延残喘。乐毅对此两城围而不攻，欲以攻心之术彻底降服齐国。不久，明君燕昭王去世，其子燕惠王即位。齐人田单施反间计说乐毅有自立之心，燕惠王本来就不喜欢乐毅，立即剥夺了乐毅的兵权，改任骑劫为将，同时派人持书召乐毅回燕，乐毅担心遇害而奔赵。后来，齐国田单以火牛阵大破燕军，尽复失地，还反攻至燕国境内，燕国不得不割地求和。燕惠王写信责备乐毅辜负先王、背离燕国，令其回燕，乐毅满含悲愤，书下千古奇文《报燕惠王书》，诸葛亮的《出师表》深得该文精髓。

本文完整收录于《战国策·燕策二》，因其文其人皆真实明确，故作为先秦名将乐毅之文选入。

【注释】

①假节于魏王：借用魏昭王的使臣到燕国。

②骤：《左传·襄公二十年传》注“数也”。数（shuò），屡次。

③闲于兵甲：兵力雄厚。“闲”有“多”义。

④淮北、宋地：楚欲得淮北，魏欲得宋，皆为齐所占领。宋的辖地在河南东部及山东、江苏、安徽三省间。

⑤顾反命：刚回来复命，言神速。“反”同“返”。

⑥大吕：齐钟名。元英：燕宫名，在燕都宁台下。

⑦故鼎：齐所得燕鼎。历室：燕宫名，在燕都宁台下。

⑧五伯：春秋五霸，指齐桓公、晋文公、宋襄公、秦穆公、楚庄王。

⑨庶孽：非嫡妻所生之子。庶孽容易作乱，应使之顺从。

⑩施及萌隶：教令推行到百姓和徒隶。“萌”通“氓”，百姓。

⑪赐之鸱夷而浮之江：杀死伍子胥，装在皮口袋里，投入长江。鸱（chī）夷：皮革做的口袋。浮之江：浮于江上。

⑫子胥不蚤见主之不同量：子胥不能事先预知夫差、阖闾才能之不同。蚤：即“早”。主：指夫差和阖闾。不同量：器量不同。

⑬交绝不出恶声：断绝交往却不说对方坏话。

⑭不洁其名：指不毁其君而自洁。

乐毅

乐毅（生卒年不详），子姓，乐氏，名毅，字永霸，灵寿（今河北灵寿）人。燕国著名军事家，魏将乐羊后裔。受燕昭王筑“黄金台”延揽人才感召，乐毅辅佐燕昭王，建立不世功勋，封昌国君。后至赵，在赵国封望诸君。公元前284年，他统帅五国联军攻打齐国，书写了古代战争史上以弱胜强的传奇。其代表作《报燕惠王书》感人千古。因文辞优美、情真意切的《报燕惠王书》，世人认识到燕将乐毅文采斐然的一面，乐毅终以文武兼修的忠直形象载入史册，成为后世楷模。诸葛亮曾自比管仲、乐毅。北京这块土地也因有乐毅而更加光彩！

汉代时期

燕昭王收破燕后即位（节选）

——《战国策》

燕昭王收破燕后即位，卑身厚币[①]，以招贤者，欲将以报仇[②]。故往见郭隗先生曰："齐因孤国之乱，而袭破燕。孤极知燕小力少，不足以报。然得贤士与共国，以雪先王之耻，孤之愿也。敢问以国报仇者奈何？"

郭隗先生对曰："帝者与师处，王者与友处，霸者与臣处，亡国与役处。诎指而事之[③]，北面而受学，则百己者至。先趋而后息[④]，先问而后嘿[⑤]，则什己者至。人趋己趋，则若己者至。冯几据杖[⑥]，眄视指使[⑦]，则厮役之人至。若恣睢奋击[⑧]，呴籍叱咄[⑨]，则徒隶之人至矣。此古服道致士之法也[⑩]。王诚博选国中之贤者，而朝其门下，天下闻王朝其贤臣，天下之士必趋于燕矣。"

昭王曰："寡人将谁朝而可？"郭隗先生曰："臣闻古之君人，有以千金求千里马者，三年不能得。涓人言于君曰[⑪]：'请求之。'君遣之。三月得千里马，马已死，买其首五百金，反以报君。君大怒曰：'所求者生马，安事死马而捐五百金？'涓人对曰：'死马且买之五百金，况生马乎？天下必以王为能市马，马今至矣。'于是不能期年，千里之马至者三。今王诚欲致士，先从隗始[⑫]；隗且见事，况贤于隗者乎？岂远千里哉？"

于是昭王为隗筑宫而师之。乐毅自魏往，邹衍自齐往，剧辛自赵往，士争凑燕。燕王吊死问生，与百姓同甘共苦。二十八年，燕国殷富，士卒乐佚轻战[⑬]。于是遂以乐毅为上将军，与秦、楚、三晋合谋以伐齐，齐兵败，闵王出走于外。燕兵独追北，入至临淄，尽取齐宝，烧其宫室宗庙。齐城之不下者，唯独莒、即墨。

【导读】

燕王哙禅让君位给相国子之，导致燕国大乱，齐国趁乱进攻燕国，大破燕国，燕国面临灭国危机。在国破家亡的关键时刻，燕国军民奋起反抗，各国诸侯也担心齐国灭燕后一国独大，失去制衡，纷纷派军救援燕国，齐军在多种力量的共同打击下被迫撤出燕国。公元前311年，赵国武装护送燕国公子姬职回国即君位，是为燕昭王。本文讲述的是即位之初的燕昭王面对千疮百孔的残破燕国，心怀振兴大志求贤若渴的故事。文章以燕昭王与燕国贤士郭隗的对话形式展开，郭隗以“重金买马骨”的故事告诉燕昭王招贤求士“先从隗始”，燕昭王于是“筑宫而师之”，而后乐毅、邹衍、剧辛等一流人才会聚燕国，燕国迅速强大起来。从此，燕昭王“筑宫”的“黄金台”成为历代文人名士无限憧憬的梦想舞台。“黄金台”逐渐成为后世怀才盼明主的象征性意象。北京由此开启纳才聚才、爱才护才的优良传统。

本文节选自《战国策·燕策一》。

【注释】

①卑身厚币：所谓“卑身”，就是放下君主的架子，甘心执弟子礼，以贤者为师，体现的是君主对贤士的尊重。所谓“厚币”，就是不惜重金，给予优厚的待遇，表现的是统治者对贤士价值的肯定。

②报仇：指齐国伐燕之仇。

③诎指而事之：舍弃己意而侍奉贤者。“诎指”或解作“折节”“屈尊”亦可。

④先趋而后息：先于别人去劳役，后于别人去休息。趋：犹“趋

役”，去劳役。

⑤先问而后嘿：先于别人向人求教，别人已经不求教了，自己还求教不止。嘿：闭口不说话，同“默”。

⑥冯（píng）：同“凭”，依靠。冯几：依靠着几案。

⑦眄（miǎn）：斜着眼睛看。

⑧恣（zì）睢（suī）奋击：恣睢，指人任意做坏事。全句为蛮横无理、为所欲为之意。奋击：此处指行为粗暴。

⑨呴（xǔ）籍叱咄：“呴”疑为“呵”字之误。呴：责怒。籍：一作“唶”。呴籍：呵责、斥责的意思。叱咄：通“叱咤”，大声斥责。

⑩服道：行正道，行王道。致士：得贤士，得人才。致：招来。

⑪涓人：古代宫中洒扫清洁人员。泛指亲近的左右。

⑫先从隗（wěi）始：先拿郭隗自己做个榜样。此处与成语“请自隗始”的意义相似。

⑬乐佚：心情舒畅，生活安逸。轻战：愿意效命，不怕战争。

《战国策》

《战国策》是一部国别体史书。西汉成帝时，刘向整理完成，书名亦为刘向拟定。按东周、西周、秦、齐、楚、赵、魏、韩、燕、宋、卫、中山次序，编订为三十三卷，共四百九十七篇，约十二万字。该书所记载的历史，上起公元前490年智伯灭范氏，下至公元前221年高渐离以筑击秦始皇，主要记述了战国时期纵横家的政治主张和策略，展示了战国时代的历史特点和社会风貌。《战国策》中的“燕策”是古代文献中对北京地区的人、事、物、景、情专门记载的文献，对研究先秦时期北京地区的历史事件、社会文化、风物人情等具有极高的史料和文化价值，值得研究北京的学者和热爱北京文化的读者重视。

乐毅为燕攻齐（节选）

——《战国策》

昌国君乐毅为燕昭王合五国之兵而攻齐，下七十余城，尽郡县之以属燕[①]。三城未下[②]，而燕昭王死。惠王即位，用齐人反间，疑乐毅，而使骑劫代之将[③]。乐毅奔赵，赵封以为望诸君。齐田单欺诈骑劫，卒败燕军，复收七十城以复齐。

燕王悔，惧赵用乐毅乘燕之弊以伐燕[④]。燕王乃使人让乐毅[⑤]，且谢之曰："先王举国而委将军[⑥]，将军为燕破齐，报先王之仇，天下莫不振动，寡人岂敢一日而忘将军之功哉！会先王弃群臣[⑦]，寡人新即位，左右误寡人。寡人之使骑劫代将军者，为将军久暴露于外，故召将军且休计事。将军过听，以与寡人有郤[⑧]，遂捐燕而归赵。将军自为计则可矣，而亦何以报先王之所以遇将军之意乎？"

望诸君乃使人献书报燕王曰："臣不佞，不能奉承先王之教，以顺左右之心，恐抵斧质之罪，以伤先王之明，而又害于足下之义，故遁逃奔赵。自负以不肖之罪，故不敢为辞说。今王使使者数之罪，臣恐侍御者之不察先王之所以畜幸臣之理，而又不白于臣之所以事先王之心，故敢以书对……"

【导读】

选文内容涉及乐毅与燕惠王之间的隐在对话。因子之乱政，燕国内乱而被齐国乘机打败。燕昭王即位后，时刻惦记向齐国报仇雪恨。在郭隗的建议下，为振兴燕国，燕昭王广纳贤士。就在这个时候，乐毅为魏昭王出使到了燕国，燕昭王以极高的规格接待他，并希望他能留在燕国为燕效力。乐毅为燕昭王延揽人才的诚意所打动，最终决定留在燕国辅助燕昭王成就伟业。燕昭王任命乐毅为亚卿。

当时齐湣（闵）王刚愎自用，不得人心。燕昭王抓住这个良好的进攻机会，先后指派乐毅及其他使臣，前往赵国、楚国、魏国、秦国，进行结盟立约、合作抗敌的谋划与游说。结果，这些国家纷纷响应燕国的号召，都争相允诺参与联燕抗齐的战事。燕昭王根据乐毅等出使情况，决定委任乐毅为上将军，举全国兵力，联合赵、楚、韩、魏诸国军队攻打齐国，最终连攻七十余城，几乎灭亡了强大的齐国。而在攻齐行动中，乐毅发挥了举足轻重的作用，也书写了一段战争史上以弱胜强的经典案例。

一代明君燕昭王去世后，太子即位，史称燕惠王。燕惠王本来就不喜欢乐毅，加上齐人田单使反间计，于是派骑劫替代乐毅，命乐毅返燕。乐毅害怕被杀，逃回赵国，被封为望诸君。燕军人心浮动，被田单用火牛阵打得大败。齐国不但收复了被燕攻占的所有城池，还反攻到燕国境内，燕惠王只好割地向齐国求和。此时燕惠王害怕乐毅帮助赵国乘机攻打燕国，于是写信给乐毅作解释说是“左右误寡人”，并指责乐毅辜负先王的厚遇。望诸君乐毅于是写了一封回信，史称《报燕惠王书》，详见前文。

本文节选自《战国策·燕策二》。

【注释】

①尽郡县之以属燕：把攻下的七十余座城都划为直属燕国的郡县。

②三城未下：一说唯莒与即墨二城未下。

③骑劫：燕将。代之将：接替乐毅为上将军。

④弊：疲惫。

⑤让：责备。

⑥委：托付。

⑦会：适逢。

⑧郤（xì）：隔阂。

苏代为燕说齐（节选）

——《战国策》

苏代为燕说齐[1]，未见齐王[2]，先说淳于髡曰[3]："人有卖骏马者[4]，比三旦立于市[5]，人莫之知[6]。往见伯乐曰：'臣有骏马，欲卖之，比三旦立于市，人莫与言。愿子还而视之[7]，去而顾之[8]，臣请献一朝之贾[9]。'伯乐乃还而视之，去而顾之，一旦而马价十倍。今臣欲以骏马见于王[10]，莫为臣先后者，足下有意为臣伯乐乎？臣请献白璧一双，黄金千镒[11]，以为马食。"淳于髡曰："谨闻命矣。"

入，言之王而见之，齐王大说苏子。

【导读】

选文书写了苏代为燕国去游说齐国的故事。卖马人往往借助伯乐提高马的身价，苏代就请淳于髡作为自己的伯乐，巧妙地将自己推荐给齐王。这种做法中值得关注的是伯乐的意义。马的价值被发现，很大程度上取决于伯乐的态度；苏代被认可，同样很大程度上取决于淳于髡这个伯乐的推荐。苏代作为燕国的间谍长期在齐国任职，而且在齐国身居要职。他忠心为燕国做事，为燕国贡献了不少力量，但却得不到燕国君臣的信任。作为间谍，周旋在母国与敌国之间，要承受诸多猜忌、陷害、危难，要在敌人心脏完成绝密任务，对他们而言，最大的困难在于要在敌己之间建立必要的信任。然而，当这种信任先在自己阵营瓦解的时候，也是对间谍内心世界最大的摧毁。苏代的这种复杂心情在《战国策》的另一篇文章《苏代自齐献书于燕王》中也有精彩传达。

本文节选自《战国策·燕策二》。

【注释】

①苏代：东周洛阳人，苏秦的族弟，战国时期的纵横家，先后事燕王哙、齐宣王、齐湣（闵）王。

②齐王：齐宣王。

③淳于髡（kūn）（约公元前386年—前310年）：黄县（今山东省龙口市）人，战国时期齐国的政治家和思想家。齐之赘婿，齐威王拜其为卿大夫。身长不满七尺，滑稽多辩，数度出使诸侯，未尝屈辱。

④骏马：千里马。

⑤比：紧靠；接连。

⑥人莫之知：即"人莫知之"。

⑦愿子还而视之：希望您绕着我的马细看一番。愿：希望。还：环绕。

⑧去而顾之：在您离开以后，再回头看看我的马。去：离。

⑨贾：价钱。

⑩骏马：苏代自比。此犹言我想去拜见齐王。

⑪镒（yì）：古代重量单位，合二十两（一说二十四两）。

苏秦说燕文侯（节选）

——《战国策》

苏秦将为从[①]，北说燕文侯曰[②]："燕东有朝鲜、辽东[③]，北有林胡[④]、楼烦，西有云中[⑤]、九原，南有呼沱、易水。地方二千余里，带甲数十万[⑥]，车七百乘，骑六千匹，粟支十年。南有碣石、雁门之饶，北有枣粟之利，民虽不由田作，枣粟之实，足食于民矣。此所谓天府也。夫安乐无事，不见覆军杀将之忧，无过燕矣。大王知其所以然乎？夫燕之所以不犯寇被兵者[⑦]，以赵之为蔽于南也。秦、赵五战，秦再胜而赵三胜。秦、赵相弊，而王以全燕制其后，此燕之所以不犯难也。且夫秦之攻燕也，逾云中、九原，过代、上谷，弥地踵道数千里[⑧]，虽得燕城，秦计固不能守也。秦之不能害燕亦明矣。今赵之攻燕也，发兴号令，不至十日，而数十万之众军于东垣矣。度呼沱，涉易水，不至四五日，距国都矣。故曰，秦之攻燕也，战于千里之外；赵之攻燕也，战于百里之内。夫不忧百里之患，而重千里之外，计无过于此者。是故愿大王与赵从亲[⑨]，天下为一，则国必无患矣。"

燕王曰："寡人国小，西迫强秦，南近齐、赵。齐、赵，强国也，今主君幸教诏之[⑩]，合从以安燕，敬以国从[⑪]。"于是赍苏秦车马金帛以至赵[⑫]。

【导读】

选文是苏秦游说燕文侯合纵的说辞，与燕地关系密切。北连燕，南连楚为纵；东连齐或西连秦为横。"合纵连横"是战国中期产生的一种政治方略、军事战略和外交策略。战国中期，诸侯都先后称了王。这些称王的国家，除宋和中山两国外，都是万乘的大国，其国力与周王室相当。由于小国的消失，大国间的斗争，已不是争夺对小国的领导权，而是关系到大国本身的存亡。较强大的国家力图削弱并逐步吞并较弱小的国家，较弱的国家为自身的生存，就互相联合起来抵抗强大的国家来侵。随着兼并战争形势的变化，“合纵连横”的具体内容也跟着有了一些变化和发展。长平之战后，变成了“合纵”是六国并力抵抗强秦，“连横”则是秦国分别联合六国中的某个国家，对其他国家进行各个击破的手段。苏秦到燕国游说燕文侯合纵，建议燕国与赵国结盟共同抗击强秦，燕文侯终于打消对强秦的顾忌，同意“合纵以安燕，敬以国从”。

本文节选自《战国策·燕策一》。

【注释】

①苏秦：？—公元前284年，洛阳（今河南洛阳）人，战国时期著名的纵横家。师从鬼谷子，潜心攻读《阴符》，曾受燕文公赏识，出使赵国，提出合纵六国以抗秦的战略思想。从：合纵。

②说：说服别人。燕文侯：即燕文公，桓公之子，燕国第三十六君，公元前361年—前333年在位。

③辽东：今辽宁省辽河以东地区。

④林胡：今内蒙古自治区呼和浩特市附近。

⑤云中：指云中郡，古郡名，在今内蒙古自治区托克托县。

⑥带甲：战士。

⑦犯寇被兵：遭受敌兵进攻。

⑧弥地踵道：长途跋涉。踵道：接踵于道，形容人流连续不断。

⑨从亲：结成合纵联盟。

⑩今主君幸教诏之：今承蒙您的教导。

⑪敬以国从：我将拿整个国家参加合纵联盟。

⑫赍（jī）：赠，送。以：而。

燕王谢罪乐间（节选）

——《战国策》

燕王喜使栗腹以百金为赵孝成王寿，酒三日，反报曰："赵民其壮者皆死于长平，其孤未壮，可伐也。"王乃召昌国君乐间而问曰[①]："何如？"对曰："赵，四达之国也，其民皆习于兵，不可与战。"王曰："吾以倍攻之，可乎？"曰："不可。"曰："以三，可乎？"曰："不可。"王大怒。左右皆以为赵可伐，遽起六十万以攻赵。令栗腹以四十万攻鄗，使庆秦以二十万攻代。赵使廉颇以八万遇栗腹于鄗，使乐乘以五万遇庆秦于代。燕人大败。乐间入赵。

燕王以书且谢焉，曰："寡人不佞[②]，不能奉顺君意，故君捐国而去，则寡人之不肖明矣。敢端其愿[③]，而君不肯听，故使使者陈愚意，君试论之。语曰：'仁不轻绝，智不轻怨。'君之于先王也，世之所明知也。寡人望有非则君掩盖之，不虞君之明罪之也；望有过则君教诲之，不虞君之明罪之也[④]。且寡人之罪，国人莫不知，天下莫不闻，君微出明怨以弃寡人，寡人必有罪矣。虽然，恐君之未尽厚也。谚曰：'厚者不毁人以自益也，仁者不危人以要名。'以故掩人之邪者，厚人之行也；救人之过者，仁者之道也。世有掩寡人之邪，救寡人之过，非君心所望之？今君厚受位于先王以成尊，轻弃寡人以快心，则掩邪以救过，难得于君矣。且世有薄于故厚施，行有失而故惠用。今使寡人任不肖之罪，而君有失厚之累，于为君择之也，无所取之。国之有封疆，犹家之有垣墙，所以合好掩恶也。室不能相和，出语邻家，未为通计也。怨恶未见而明弃之，未尽厚也。寡人虽不肖乎，未如殷纣之乱也；君虽不得意乎，未如商容、箕子之累也。

然则不内盖寡人，而明怨于外，恐其适足以伤于高而薄于行也，非然也。苟可以明君之义，成君之高，虽任恶名，不难受也。本欲以为明寡人之薄，而君不得厚；扬寡人之辱，而君不得荣。此一举而两失也。义者不亏人以自益也，况伤人以自损乎！愿君无以寡人不肖，累往事之美。昔者，柳下惠吏于鲁[⑤]，三黜而不去[⑥]。或谓之曰：'可以去。'柳下惠曰：'苟与人之异，恶往而不黜乎？犹且黜乎，宁于故国尔。'柳下惠不以三黜自累，故前业不忘；不以去为心，故远近无议。今寡人之罪，国人未知，而议寡人者遍天下。语曰：'论不修心，议不累物，仁不轻绝，智不简功。'弃大功者，辍也；轻绝厚利者，怨也。辍而弃之，怨而累之，宜在远者，不望之乎君也。今以寡人无罪，君岂怨之乎？愿君捐怨，追惟先王，复以教寡人。意君曰，余且匿心以成而过，不顾先王以明而恶，使寡人进不得修功，退不得改过，君之所揣也，唯君图之！此寡人之愚意也。敬以书谒之。"

乐间、乐乘怨不用其计，二人卒留赵，不报。

【导读】

战国后期，乐间怨恨燕王喜不听劝告，于是逃到赵国，成为赵国将领。燕王喜给乐间发书谢罪，后悔当初没有听其建议，并引用"柳下惠不去鲁"的故事，希望乐间回心转意。柳下惠被孔子称为"逸民"，又以其德行被儒家视为贤人。孟子对柳下惠非常推崇，《孟子》一书曾把柳下惠和伯夷、伊尹、孔子并称四位大圣人，认为他不因为君主不圣明而离开母国，不因官职卑微而辞官不做；身居高位时不忘推举贤能的人，被遗忘在民间时也没有怨气；贫穷困顿时不忧愁，与乡下百姓相处，也觉得很愉快；和任何人相处，他都能保持不受不良影响。《战国策》中总能见到君王与臣子之间的潜在博弈，广纳贤士的燕昭王以自己广博的胸襟和巧妙的谋略赢得诸多贤士的帮助，成就了功业。此文中的燕王喜能放下身段，承认自己的错误，也难能可贵。这些鲜活生动的君臣形象，在一定意义上丰富和深化了燕地的人文历史风貌。文中的燕王喜，是战国时燕国的最后一代君王，是燕太子丹的父亲。燕太子丹派荆轲刺杀秦始皇失败后，秦大举攻燕，燕王喜听从代王嘉的建议，杀死太子丹以求和。但秦根本不予理睬，仍攻燕不止，终于在公元前222年俘获燕王喜，燕国灭亡。

本文节选自《战国策·燕策三》。

【注释】

①乐间：生卒年不详，名将乐毅之子，战国时期燕国将领。因其父缘故受封昌国君。公元前251年，燕王喜打算攻打赵国，乐间劝阻无效，结果燕军在鄗、代之战中惨败。

②不佞：指没有才能，旧时用来谦称自己。语出《论语·公冶长》：“雍也，仁而不佞。”

③端：犹专也。

④虞：预料。

⑤柳下惠：中国古代政治家、思想家、教育家，曾做过法官，坚持“以直道事人”。秦攻齐，中间要经过鲁国。秦军下令切实保护柳下惠在鲁国的墓地，并规定在柳下惠墓地五十步以内砍柴的人要处以死刑。柳下惠在各诸侯国的影响由此可见一斑。

⑥黜（chù）：降职或罢免。

儒林传·韩婴（节选）

——《汉书》

韩婴，燕人也。孝文时为博士，景帝时至常山太傅。婴推诗人之意[①]，而作内、外《传》数万言，其语颇与齐、鲁间殊[②]，然归一也[③]。淮南贲生受之[④]。燕、赵间言《诗》者由韩生。韩生亦以《易》授人，推《易》意而为之传。燕、赵间好《诗》，故其《易》微，唯韩氏自传之。武帝时，婴尝与董仲舒论于上前，其人精悍，处事分明，仲舒不能难也[⑤]。后其孙商为博士。孝宣时，涿郡韩生其后也，以《易》征[⑥]，待诏殿中，曰："所受《易》即先太傅所传也。尝受《韩诗》，不如韩氏《易》深，太傅故专传之。"司隶校尉盖宽饶本受《易》于孟喜，见涿韩生说《易》而好之，即更从受焉[⑦]。

【导读】

选文中的传主韩婴（约公元前200年—前130年）是史籍中非常明确的燕人。《史记》和《汉书》记载韩婴在汉文帝时曾任博士，汉景帝时官至常山太傅，后人又称他"韩太傅"。韩婴是著名的西汉今文经学家，尤以《诗经》研究见长，世称"韩诗"，与辕固生的"齐诗"、申培的"鲁诗"并称"三家诗"。其著作有《韩诗内传》《韩诗外传》《韩说》等传世。韩婴所注《韩诗》，主要是借《诗》阐发他的政治或思想主张，所以多述孔子轶闻、诸子杂说和春秋故事，引《诗》以证事，并非述事以明《诗》。《汉书·艺文志》则认为韩婴作《诗》传，"或取《春秋》，采杂说，咸非其本义"。韩婴不仅是一位文学家，而且是一位易学家，对《易经》也很有研究，做过很多注释，易学流派中的韩氏易学派即为韩婴所创立。韩婴曾传授《易经》于燕赵之地，并推求《易经》意旨作韩氏《易传》。当时燕赵之地的学子更喜好《诗经》而非《易经》，所以韩氏易学未能普及。

本文节选自《汉书·儒林传》。

【注释】

①推：推察。

②殊：不同。

③归一也：旨义一致。

④受：学习。

⑤难：难倒。

⑥征：征召。

⑦更：改。

《汉书》

《汉书》，中国第一部纪传体断代史，由东汉班固编纂，与《史记》《后汉书》《三国志》并称“前四史”，记叙了汉高祖元年（公元前206年）至王莽地皇四年（公元23年）之间近二百三十年的历史事件。该书体例上有一百篇，包括纪十二篇、表八篇、志十篇、传七十篇，后人划分为一百二十卷，共八十万字。“传”中“儒林传”的部分篇章有对燕地人物的书写，是汉代燕地人物传记的重要作品，具有较强的燕地地域特色。

作者班固（公元32年—92年），字孟坚，扶风安陵（今陕西咸阳）人。东汉历史学家班彪之子，班超之兄，生于东汉光武帝建武八年（公元32年），卒于东汉和帝永元四年（公元92年），年六十一岁。班固自幼聪敏，“九岁能属文，诵诗赋”，成年后博览群书，“九流百家之言，无不穷究”。除著有《汉书》外，还著有《白虎通德论》六卷。

三国两晋南北朝时期

冬十月

——曹操

孟冬十月[①]，北风徘徊[②]。
天气肃清，繁霜霏霏[③]。
鹍鸡晨鸣[④]，鸿雁南飞，
鸷鸟潜藏[⑤]，熊罴窟栖[⑥]。
钱镈停置[⑦]，农收积场。
逆旅整设[⑧]，以通贾商[⑨]。
幸甚至哉！歌以咏志。

【导读】

东汉末年，天下大乱，军阀混战，冀州牧袁绍得到辽西乌桓部首领蹋顿的援助，打败幽州牧公孙瓒，兼并幽州，矫制封乌桓三大部首领蹋顿、难楼、削王等为王，皆称单于。袁绍自官渡战败后病死（公元202年），曹操大举进攻袁家诸子，袁绍三子袁尚败走幽州，曹操乘胜追击。后袁尚投奔乌桓蹋顿，曹操又亲率大军击败袁尚，斩杀蹋顿，乌桓各部陆续归降，徙居内地。幽州、并州均归曹操统领，新起的鲜卑部落也归附曹操。东北及长城北部的少数民族亦卷入争夺幽州的斗争，以后时弛时紧，关系更趋复杂。三国时，曹魏迁都洛阳，今北京地区属魏国幽州，仍治蓟城，辖范阳、燕郡、右北平各郡。

这首诗写于初冬十月，诗篇反映了战后局部地区人民过上了安居乐业的生活，表达了诗人渴望国家统一、社会安定和经济繁荣的理想。清代学者朱乾在其所编《乐府正义》卷八中评说：“《冬十月》，叙其征途所经，天时物候，又自秋经冬。虽当军行，而不忘民事也。”在一定程度上触及了本诗的创作本意。

曹操北征乌桓历时半年，以幽燕为军队集结地点和后方基地，战胜后从辽西返邺城（今河北临漳西南），途经幽燕之地时，写下了著名的组诗《步出夏门行》，包括《观沧海》《冬十月》《河朔寒》《龟虽寿》四首。《冬十月》所写之景系幽燕之景。

本诗选自《乐府诗集》（北京人郭茂倩编）。

【注释】

①孟冬：指冬季的第一个月，即农历十月。

②徘徊：原意指在同一个地方来回走动，此处指北风来回不停地刮。此句运用了拟人手法。

③霏霏：（雨、雪）纷飞。此句形容霜下得很大。

④鹍（kūn）鸡：古书上指像鹤的一种鸟。

⑤鸷（zhì）鸟：凶猛的鸟，如鹰、雕之类。

⑥罴（pí）：熊的一种，即棕熊。毛棕褐色，能爬树游泳。

⑦钱镈（bó）：钱和镈是指古代的两种农具，这里代指农民。

⑧逆旅：旅店，客舍。

⑨贾商：商人。坐贾行商。

曹操

曹操（公元155年—220年），字孟德，小名阿瞒、吉利，沛国谯县（今安徽亳州）人，东汉丞相，是三国中曹魏政权的缔造者。其子曹丕称帝后，追尊其为魏武帝，庙号太祖。曹操精通兵法，其诗歌气势雄伟，慷慨悲凉，抒发了自己的政治抱负，反映了民间的疾苦生活；散文亦清峻脱俗。曹操开具有“建安风骨”的建安文学之先河。曹操的书法亦雄逸绝伦，尤擅章草，唐朝张怀瓘在《书断》中评其为“妙品”。曹操官渡之战打败袁绍后，经略幽州，并远征乌桓乘胜追击袁氏残部，统一北方。在此过程中，曹操多次战斗和往返于北京地区，特别是在远征乌桓时，将当时的幽州作为其后方大本营。曹操诗歌有很多形象和意象是直指幽州的。这一点目前尚未引起学界注意和重视。

燕歌行（其一）

——曹丕

秋风萧瑟天气凉，草木摇落露为霜[①]。
群燕辞归雁南翔，念君客游思断肠。
慊慊思归恋故乡[②]，君何淹留寄他方[③]？
贱妾茕茕守空房[④]，忧来思君不敢忘，
不觉泪下沾衣裳。
援琴鸣弦发清商[⑤]，短歌微吟不能长。
明月皎皎照我床，星汉西流夜未央[⑥]。
牵牛织女遥相望，尔独何辜限河梁[⑦]？

【导读】

曹丕的《燕歌行》两首是现存最早的七言诗，与北京之间具有诗歌地缘学意义。燕是西周以至春秋战国时期的诸侯国名，辖地约当今北京市以及河北北部、辽宁西南部一带地区。这里是汉族和北部少数民族接界的地带，自古以来经常发生战争。汉建安十二年（公元207年）曹操北伐乌桓的战争，就发生在古燕国的北部一带。郭茂倩《乐府诗集》引《乐府广题》说："燕，地名也。言良人从役于燕，而为此曲。"《燕歌行》是一个乐府题目，属于"相和歌"中的"平调曲"。它和《齐讴行》《吴趋行》相类，都是反映不同地域的生活情景，具有各自地区音乐及风土人情特色。这篇作品反映的是秦汉以来四百年间的历史现象，同时也是曹丕所亲处的建安时期的社会现实，表现了作者对下层人民疾苦的关心与同情。

本诗选自《玉台新咏》（徐陵）。

【注释】

①摇落：残败，零落。

②慊慊（qiàn）：心内空虚的感觉。

③淹留：逗留。久久不愿离去。

④茕茕（qióng）：忧思的样子，孤苦无依的样子。

⑤清商：商为五代五音中的一音，商音音调悲凉凄切，故常被称为“清商”。

⑥星汉西流：银河转向西了，表示夜已很深了。夜未央：夜深还未到天明的时候。

⑦尔：指牛郎和织女。河梁：指银河上的桥。传说牛郎和织女隔着银河，每年农历七月初七晚上喜鹊在银河上搭桥，让牛郎和织女相会。

曹丕

曹丕（公元187年—226年），字子桓，沛国谯县（今安徽亳州）人，魏武帝曹操与卞夫人所生长子。三国时期著名政治家、文学家。汉延康元年（公元220年），曹丕继任丞相，不久便自立为帝，建立魏国，结束了汉朝四百多年的统治。黄初七年（公元226年）五月于洛阳病逝，时年四十岁。曹丕自幼好文学，在其《典论·论文》中明确指出：“文章乃经国之大业，不朽之盛世。”曹丕擅长五言诗，他与曹操和曹植，并称“三曹”。曹丕还是七言诗创作的成功探索者，其创作的《燕歌行》是中国现存最早的成熟七言诗。《燕歌行》是直接描写幽燕地区风土人情的歌行体长诗，其文体意义和美学含蕴突出。

白马篇

——曹植

白马饰金羁[①]，连翩西北驰[②]。
借问谁家子，幽并游侠儿[③]。
少小去乡邑，扬声沙漠垂[④]。
宿昔秉良弓[⑤]，楛矢何参差[⑥]。
控弦破左的，右发摧月支。
仰手接飞猱[⑦]，俯身散马蹄。
狡捷过猴猿，勇剽若豹螭[⑧]。
边城多警急，虏骑数迁移[⑨]。
羽檄从北来[⑩]，厉马登高堤[⑪]。
长驱蹈匈奴，左顾陵鲜卑。
弃身锋刃端，性命安可怀[⑫]？
父母且不顾，何言子与妻？
名编壮士籍，不得中顾私[⑬]。
捐躯赴国难，视死忽如归。

【导读】

选文是曹植前期诗歌中的名作。由于曹氏父子的提倡，汉乐府诗“感于哀乐，缘事而发”的现实主义精神得到了继承和发扬。一批身经离乱、目击苦难而又肯正视现实的诗人，不但把社会真相摄入笔底，而且于中注入自己的真切感情。从汉献帝建安到魏文帝黄初年间，一大批抒发渴望建功立业理想抱负的文学篇章开始出现，既有“幽燕老将”的《龟虽寿》，也有“英雄少年”的《白马篇》。这些诗歌与幽燕等地关系密切，充满豪迈气概和尚武精神。诗人对“连翩西北驰”的“幽并游侠儿”进行浓墨重彩的描写和歌颂，对其“捐躯赴国难，视死忽如归”的精神给予高度礼赞。

本诗选自《乐府诗集》（北京人郭茂倩编）。

【注释】

①羁：马的笼头。

②连翩：连续不断，这里形容轻快迅捷。西北驰：曹魏的西北方向是游牧民族聚集区，代表边疆战场。

③幽并：幽州和并州，幽州即今北京，并州即今太原。游侠儿：自视勇武、重义轻生的青年侠士。

④扬声：扬名。

⑤宿昔：昔日，往时。秉：拿，持。

⑥楛（hù）矢：用楛木做杆的箭。何：多么。

⑦猱（náo）：猿类，善攀缘，上下如飞。

⑧剽：形容行动敏捷。螭（chī）：传说中的海兽，龙的一种。

⑨虏骑：一作“胡虏”。

⑩羽檄：檄为古代下行文的一种，常指军事文书。插上羽毛表示需要飞快传递，所以叫“羽檄”。

⑪厉马：奋马，策马。

⑫怀：顾惜。

⑬中：心中。顾：念。

曹植

曹植（公元192年—232年），字子建，沛国谯县（今安徽亳州）人。三国曹魏著名文学家，“建安文学”代表人物。魏武帝曹操之子，魏文帝曹丕同母弟，生前曾为陈王，去世后谥“思”，因此又称“陈思王”。后人因他文学上的造诣而将他与曹操、曹丕合称为“三曹”。南朝诗人谢灵运对他更有“天下才有一石，曹子建独占八斗”的极高评价。《白马篇》是曹植前期诗歌名作，它在写法上显然受到汉乐府的影响，表现出一种慷慨激昂的热情，思想感情高迈不凡。曹植曾跟随父亲曹操长期转战幽燕地区，对于幽燕地区的游侠尚武之风非常向往和推崇。《白马篇》塑造的骑着高头白马的“幽并游侠儿”形象，寄托了诗人的人格理想。

咏史（其六）·荆轲饮燕市

——左思

荆轲饮燕市[①]，酒酣气益震[②]。
哀歌和渐离[③]，谓若傍无人。
虽无壮士节[④]，与世亦殊伦[⑤]。
高眄邈四海[⑥]，豪右何足陈[⑦]！
贵者虽自贵，视之若埃尘。
贱者虽自贱，重之若千钧[⑧]。

【导读】

战国以后，荆轲的事迹长期流传。三国阮瑀《咏史》第二首、东晋陶渊明《咏荆轲》、唐代骆宾王《易水送别》等都是歌咏荆轲之作。陶诗云："其人虽已没，千载有余情。"大体上表达了这类诗歌的共同感情，左思的这首诗也不例外。

本诗是左思《咏史》八首的第六首。"荆轲饮燕市，酒酣气益震"，写出了"感慨悲歌之士"豪饮燕市的风貌和气概。燕市的风土人情更锻造了荆轲任侠豪迈的精神气质。作为门客中的一类，刺客往往以自己的生命给主人以最大的回报。贵族精神是他们灵魂的命脉，忠诚与节义是他们的坚守，燕地则是勾连他们现实与生命的重要场域。据《史记·刺客列传》记载，荆轲在燕国时，和燕国的狗屠及击筑的高渐离是好朋友，经常一起在市中喝酒，酒喝得痛快时，高渐离击筑，荆轲哀歌相和，二人对泣，旁若无人。这种时空中的哭泣更为燕地平添了几分悲慨与凄楚。后世韩愈评价："燕赵古称多感慨悲歌之士。"

本诗选自《左太冲集》（明崇祯本）。

【注释】

①荆轲：战国时期著名刺客，为人慷慨侠义，曾为燕太子丹刺杀秦王，后失败被杀。燕市：燕国的都市。

②酣：形容酒喝得尽兴。

③渐离：高渐离，战国末燕国人，荆轲的好友，擅长击筑。

④节：气节。

⑤伦：辈。

⑥眄（miǎn）：斜着眼睛看。邈：藐视。

⑦豪右：指代世家望族。古时候以右为尊，所以称世家望族为“豪右”。

⑧钧：量名，三十斤为一钧。

左思

左思（公元250年—305年），字太冲，临淄（今山东淄博）人，西晋文学家。他家世业儒学。少时曾学书法、鼓琴，皆不成，后来由于父亲的激励，乃发愤勤学。左思貌丑口讷，不好交游，但辞藻壮丽，曾写出轰动一时的《齐都赋》（全文已佚，若干佚文散见《水经注》《太平御览》）。泰始八年（公元272年）前后，因其妹被选入宫，举家迁居洛阳，曾任秘书郎。著《三都赋》，引发“洛阳纸贵”。后齐王召其为记室督，辞疾不就。太安二年（公元303年），左思迁居冀州，数年后病逝。左思写过一些幽燕地区的人、事、物、景、情，特别是《咏史·荆轲饮燕市》描写荆轲在燕国都市豪饮情景，“哀歌和渐离，谓若傍无人”，此情此景活画出“感慨悲歌”的燕地风情。

代出自蓟北门行

——鲍照

羽檄起边亭①，烽火入咸阳②。
征师屯广武，分兵救朔方③。
严秋筋竿劲，虏阵精且强。
天子按剑怒，使者遥相望④。
雁行缘石径⑤，鱼贯度飞梁⑥。
箫鼓流汉思，旌甲被胡霜。
疾风冲塞起，沙砾自飘扬。
马毛缩如蝟⑦，角弓不可张。
时危见臣节，世乱识忠良。
投躯报明主，身死为国殇⑧。

【导读】

“代出自蓟北门行”是乐府旧题，属杂曲歌辞。此诗通过对蓟北燕地边庭紧急战事和边境恶劣环境的渲染，突出表现了壮士从军卫国、英勇赴难的壮志和激情。诗人用曹植《艳歌行》首句作诗题，并由曹诗“出自蓟北门，遥望胡地桑。枝枝自相值，叶叶自相当”等句引起对边庭征战生活的联想。“时危见臣节，世乱识忠良。投躯报明主，身死为国殇”，在表现壮士赴敌投躯的忠良气节时，穿插蓟北胡地风物奇观的描写，是南北朝时期罕见的优秀边塞诗篇。

蓟城，西周及春秋时期为蓟国都城，战国时为燕国都城，城址在今北京市西城区广安门一带。出蓟城北门，是象征也是实指，意味着从此将踏上北战塞上的征程。蓟北战场上“疾风冲塞起，沙砾自飘扬”的险恶环境，和投躯大漠里，一去不复返的悲壮气概，浑然交织，感人至深。

本诗选自《鲍照集校注》（中华书局，2012年）。

【注释】

①羽檄（xí）：军事上用于紧急征召的文书。檄，征召的文书，情况紧急时插上羽毛，意寓军情紧急。

②烽火：古代边防用于报警的烟火。咸阳：秦都城，故址在今陕西西安西。此处泛指京城。

③朔方：郡名，在今内蒙古自治区鄂尔多斯市西北。此处泛指北方边地。

④遥相望：此处形容使者往来不绝，彼此就能望见。

⑤雁行：形容军队沿石径而行，如雁飞排成的行列。缘：沿。

⑥鱼贯：形容士兵依次渡过桥梁，如游鱼前后连贯。飞梁：凌空而架的桥梁。

⑦蝟：通“猬”，刺猬。

⑧国殇（shāng）：为国捐躯的壮士。

鲍照

鲍照（公元414年—470年），字明远，人称“鲍参军”。本籍东海（今山东郯城），一说上党（今山西）。南朝宋文学家。青少年时代在京口一带（今江苏镇江）度过。二十六岁时毛遂自荐谒见临川王刘义庆，初不得重视，后终得赏识，获封临川国侍郎，历任太学博士、中书舍人等职。后因宫廷内部斗争，死于乱兵之中。鲍照擅长写歌行体诗，能吸收民歌的精华，具有浓厚的浪漫主义色彩，对唐代的李白、高适、岑参等人的创作有一定的影响。他与谢灵运、颜延之合称“元嘉三大家”，有《鲍氏集》《鲍参军集》行世。鲍照是较早用曹植《艳歌行》的首句“出自蓟北门”作为诗歌标题的诗人，从此开启描写燕地风物人情的另一种歌行体诗——“代出自蓟北门行”或“出自蓟北门行”。这种歌行体诗经鲍照创制，影响甚大，后世徐陵的《出自蓟北门行》和李白的《出自蓟北门行》，都属于与鲍照的描摹幽燕之地、蓟北战云的同题诗。

拟　古（其三）

——鲍照

幽并重骑射①，少年好驰逐。
毡带佩双鞬②，象弧插雕服③。
兽肥春草短，飞鞚越平陆④。
朝游雁门上⑤，暮还楼烦宿⑥。
石梁有余劲⑦，惊雀无全目⑧。
汉虏方未和，边城屡翻覆⑨。
留我一白羽⑩，将以分虎竹⑪。

【导读】

本诗内容上受曹植《白马篇》的影响，主要是通过对幽州和并州游侠少年驰骋捷疾、技艺精妙、武艺高强、气概豪迈的夸赞和对其报国立功理想壮志的歌颂，寄托作者收复北方失地及以身许国、立功边陲的爱国情怀，表达诗人希望为国立功的政治理想，是一曲时代的慷慨之歌。诗中善用典故，如"石梁""惊雀"二句，利用古人古事生动形象地表现了射者膂力之大和技术之精。作者生活的年代，正是北方鲜卑族所建立的北魏王朝力量强盛、向外急剧扩张的时期。北魏对南朝宋的频繁入侵，造成了宋魏边界战争的连年不断。因此，此诗并不是单纯的拟古，而是托古论今，借以寄托诗人的理想和情怀，也反映了当时多数人收复失地、安定边疆的强烈愿望。

幽并，古二州名。幽州，主体为今北京地区；并州，主体为今山西太原及周边区域。幽并之地自古以出勇侠人物闻名。在诗中，读者不仅能看到幽并地区少年英雄的英武形象，也能看到"骏马轻貂，雕弓短剑，秋风落日，驰骋平冈”（陆时雍《诗镜总论》），为国家民族存亡而大声疾呼的爱国诗人鲍照的奕奕神采。这首诗所歌颂的人、事、物、景、情都是以北京地区为典型代表的。

本诗选自《鲍照集校注》（中华书局，2012年）。

【注释】

①幽并：古幽州和并州的合称。

②鞬（jiàn）：弓袋。

③象弧：用象牙装饰的弓。雕服：此处指雕绘的箭囊。

④鞚（kòng）：马勒，这里代指马。平陆：平原。

⑤雁门：在今山西省代县西北，是当时的边陲要塞。

⑥楼烦：汉属雁门郡，今山西省原平市东北，属当时的边疆要塞。

⑦石梁：石桥。这句说箭射入石桥犹有余劲，形容少年膂力之大、弓箭之利。

⑧无全目：没有完整的眼睛。这句说少年要射飞鸟的眼睛就必然射中，形容其射术极精。

⑨翻覆：反复，指战事反复无常。

⑩白羽：箭名。

⑪虎竹：铜虎符和竹使符，都是汉代国家发兵遣使的凭信，虎符用于发兵，竹符用以征调。符分两半，朝廷留右符，主将携左符。

效阮公诗（其十）

——江淹

少年学击剑，从师至幽州[1]。
燕赵兵马地，唯见古时丘[2]。
登城望山水，平原独悠悠。
寒暑有往来，功名安可留。

【导读】

和（效）阮诗，即魏晋以后诗人以步韵、次韵、从韵等形式唱和阮籍的《咏怀诗》而创作的作品总称。阮公，即阮籍，三国魏著名诗人，主要作品是五言《咏怀诗》八十二首，多用比兴寄托、借古讽今的手法，诗旨遥深，颇难索解，故《文选》李善注引颜延年、沈约等人的注解说："嗣宗身仕乱朝，常恐罹谤遇祸，因兹发咏，故每有忧生之嗟。"据《南史·江淹传》、江淹《自序传》称，当年江淹在刘宋建平王刘景素幕下，宋少帝即位，刘景素与心腹日夜谋划，欲起兵犯阙。江淹每从容进谏，刘景素不纳，反而加快了反叛的步伐，江淹"知祸机将发，乃赠诗十五首以讽焉"。此处所录为《效阮公诗十五首》其十。

"少年学击剑，从师至幽州"，开门见山，描写学剑少年为精进剑艺，到剑客云集的幽州城来从师学习。"燕赵兵马地，唯见古时丘"，指出燕赵之地自古即为兵荒马乱的战争之地，这里成王败寇活剧不断，风云人物灰飞烟灭，只有蓟城的蓟丘还在。这里所言的"古时丘"，是指古蓟城西北隅的高丘，俗称"蓟丘"，位于今北京市西城区白云观以西、会城门东南一带。诗人最后发出"寒暑有往来，功名安可留”的慨叹。

本诗选自《醴陵集》（清乾隆年间江昉刊本）。

【注释】

①幽州：据《周礼·大驭》载，“东北曰幽州”。幽州治所在蓟城，故址在今北京市西城区广安门附近。辖境主体属今北京市及河北北部。

②古时丘：古蓟城西北隅的高丘，也被称为“蓟丘”，今北京市西城区白云观以西。

江淹

江淹（公元444年—505年），字文通，宋州济阳考城（今河南商丘）人。江淹少时好学，六岁能诗，十三岁丧父，家境贫寒，曾伐薪养母。二十岁左右开始仕宦生涯，仕南朝宋、齐、梁三朝，早年仕途坎坷，曾被诬入狱，在狱中上书陈情获释。刘宋建平王刘景素密谋叛乱，其幕府江淹曾多次谏劝不纳，还将其贬为建安吴兴县令。江淹的许多代表作品都写于被贬期间。刘景素叛乱被平后，宋顺帝升明元年（公元477年），齐高帝萧道成执政，把江淹自吴兴召回，从此大受重用，任为尚书驾部郎、骠骑参军事，大为重用。萧道成代宋自立，江淹升任中书侍郎，齐武帝永明年间，任庐陵内史、尚书左丞、国子博士诸职。少帝萧昭业即位，江淹任御史中丞。明帝萧鸾时，又任宣城太守、秘书监诸职。梁武帝萧衍代齐后，江淹官至金紫光禄大夫，封醴陵侯。六十二岁卒。梁武帝为他素服举哀，谥曰宪伯。《梁书》《南史》有传。

江淹的《效阮公诗》，描写学习击剑的少年到幽州拜师学艺，由此展开全诗。诗中“幽州”，据《周礼·大驭》载：“东北曰幽州。”其范围大致包括今北京全境及河北北部一带。周武王平殷，封燕、蓟二封国，战国时，蓟为山戎所灭，燕联合齐国扫平山戎后迁都蓟城。燕昭王时秦开破东胡后，置渔阳、上谷、右北平、辽西、辽东五郡。秦始皇灭燕，沿燕建制，仍为上述五郡。汉高祖时分上谷置涿郡，此外又设封燕国。汉武帝设幽州刺史部，部刺燕地诸郡国。武帝开边，置玄菟、乐浪等郡，亦属幽州。东汉时，辖郡、国十一，县九十。魏晋以后，幽州辖境日渐缩小，至北魏时仅领燕、范阳、渔阳三郡。但无论所辖多寡，位于北京西城广安门一带的蓟城作为幽州的治所基本未变。

出自蓟北门行[1]

——徐陵

蓟北聊长望，黄昏心独愁。
燕山对古刹[2]，代郡隐城楼[3]。
屡战桥恒断，长冰堑不流。
天云如蛇阵，汉月带胡秋。
渍土泥函谷，挼绳缚凉州[4]。
平生燕颔相[5]，会自得封侯。

【导读】

蓟城，西周及春秋时期为蓟国都城，战国时为燕国都城，城址在今北京市西城区广安门一带。出蓟城北门，意寓将北走塞上，投躯大漠。

《出自蓟北门行》是乐府旧题，属杂曲歌辞。此诗颇具幽燕苍凉的气魄，与徐陵在北齐的燕地生活体验有密切关系。全诗取境开阔，雄浑壮丽。通过对蓟城北门外的边庭紧急战事的描摹及对燕山边境恶劣环境的渲染，突出表现了壮士从军卫国、英勇赴难的壮志和激情。“蓟北聊长望，黄昏心独愁”，起句描绘了这样的场景：黄昏时节，登蓟城北门城楼，远眺长望，幽燕风云尽收眼底，无限愁思涌上心头。“屡战桥恒断，长冰堑不流”，该句掀雷挟电，惊心动魄。“天云”“汉月”，战气森森。“函谷”“凉州”皆险关要地，诗人却以一种轻松的姿态应对。“渍土”“挼绳”等动作描写，足以彰显出诗人冲天盖地的英雄气概。结尾句“平生燕颔相，会自得封侯”，借用班超典故，凸显诗人建功边城、立业幽燕的雄伟抱负。徐陵的《出自蓟北门行》，融合了苍凉雄健的北朝诗风，是南北朝时期描写蓟城情景人物、幽燕战地风云的优秀诗章。

本诗选自《乐府诗集》（郭茂倩）。

【注释】

①蓟北门：指蓟城北门，古蓟城在今北京市西城区广安门一带。

②燕山：北京北部绵延而东直至海滨的山脉。李白曾在《北风行》中描述："燕山雪花大如席。"

③代郡：战国时赵武灵王置代郡，治代县（今河北蔚县西南）。

④挼（ruó）：揉搓。凉州：汉元封五年（公元前106年），分天下为十三州，各置一刺史，史称"十三部刺史"。武威郡属凉州刺史部。三国魏黄初元年（公元220年），魏文帝置凉州，一直到西晋，姑臧为凉州治所。凉州意为"地处西方，常寒凉也"。

⑤颔（hàn）：颔指下巴。"燕颔"乃一典故，班超曾用过"燕颔虎颈"的意象。

徐陵

徐陵（公元507年—583年），字孝穆，东海郯（今山东郯城）人，南朝梁陈间诗人，文学家。八岁能文，十二岁通《庄子》《老子》，年少时便以诗文著称。长大后，博涉史籍，口才甚好。徐陵与庾信齐名，并称"徐庾"。徐陵享有"一代文宗"的美名，现存诗歌四十五首，边塞诗骨力雄壮，胜于那些流于纤弱的时诗时文。这缘于徐陵在北方地区生活过七年，有真正的边塞经历。其主要代表作品《出自蓟北门行》，采用乐府旧题，描写蓟城风光、燕山风云，笔力雄浑，风骨劲健，境界阔大。

“蓟北聊长望，黄昏心独愁。燕山对古刹，代郡隐城楼”传诵一时。徐陵对蓟城、燕山等边塞异景的独特描摹，对后世影响极大。该诗上承鲍照的《代出自蓟北门行》，下启李白的《出自蓟北门行》，此类同题诗都是描写幽燕风情的。徐陵对幽燕边塞的描述，还直接影响了唐代边塞诗派的形成和发展。

燕歌行

——庾信

代北云气昼昏昏[①]，千里飞蓬无复根。
寒雁嗈嗈渡辽水[②]，桑叶纷纷落蓟门[③]。
晋阳山头无箭竹[④]，疏勒城中乏水源[⑤]。
属国征戍久离居[⑥]，阳关音信绝能疏[⑦]。
愿得鲁连飞一箭，持寄思归燕将书[⑧]。
渡辽本自有将军[⑨]，寒风萧萧生水纹。
妾惊甘泉足烽火[⑩]，君讶渔阳少阵云[⑪]。
自从将军出细柳[⑫]，荡子空床难独守[⑬]。
盘龙明镜饷秦嘉[⑭]，辟恶生香寄韩寿[⑮]。
春分燕来能几日，二月蚕眠不复久[⑯]。
洛阳游丝百丈连，黄河春冰千片穿。
桃花颜色好如马，榆荚新开巧似钱。
蒲桃一杯千日醉，无事九转学神仙。
定取金丹作几服，能令华表得千年。

【导读】

《燕歌行》是乐府诗题，属“相和歌辞”之“平调曲”。此诗起句从大处落墨，把燕地秋风卷起、黄沙满天的独特景象展现在人们眼前。正因为黄沙弥天，如云如气，才使白日无光，昏昏暗暗。“桑叶纷纷落蓟门”，描写出蓟城秋景的独特况味。曹植《艳歌行》曰：“出自蓟北门，遥望胡地桑。”诗中描写胡地桑叶零落，亦暗写戍卒和思妇的落寞心情。诗歌前两句，一句写天，一句写地，两相对照，章法严明。同时，景中有情，情中有景，表现了征戍将士生活的凄苦和家乡思妇的苦恋。

《燕歌行》以抒写望眼欲穿的思妇为主线，以描摹“从役于燕”的良人为辅线，描写思妇和良人的离别相思，异地苦恋。“妾惊甘泉足烽火，君讶渔阳少阵云”，指出思妇和役卒在战争和建功立业上的不同心态。“晋阳山头无箭竹，疏勒城中乏水源”，运用了两个典故，极写戍边之苦，不如早归。“愿得鲁连飞一箭，持寄思归燕将书”，运用鲁连的典故，说明连戍守燕地渴望建功的燕将也思归，引人联想，发人深思。

本诗选自《乐府诗集》（郭茂倩）。

【注释】

①代：代郡，属幽州。因燕地在赵、代之北，故云“代北”。代郡在今河北蔚县一带。

②噰噰（yōng）：雁叫声。《楚辞·九辩》曰：“雁雝雝而南游。”王逸曰：“雌雄和乐，群戏行也。”写雁南归，以反衬征戍将士之不得归。

③蓟门：蓟城城门，亦泛指蓟城及蓟地。此句写胡地桑叶零落，亦暗写思归之情。曹植《艳歌行》曰：“出自蓟北门，遥望胡地桑。”

④箭竹：指使者藏信用的竹子。

⑤“晋阳”二句：用了两个典故，直写戍边之苦，不如早归。一事出自《史记》，智伯率韩、魏攻赵，赵襄子奔晋阳，后说通韩、魏，共灭了智氏。另一事出自《后汉书》，耿恭据疏勒城，匈奴绝其水源，耿恭于城中挖井十五丈，不得水，耿恭率众祈祷，便有飞泉奔出。乃令部下扬水示虏，虏以为神明，便领兵而去。晋阳，今山西太原。

⑥属国：两汉中央王朝为安置归附的边疆少数民族而设置的行政建

置，与郡同级。一说指苏武，苏武出使匈奴，被羁留十九年乃还，奉使全节，拜为典属国。

⑦阳关：阳关为古关名，此处借指西北极远的边关。

⑧“愿得”二句：事见《史记》。鲁连，即鲁仲连，齐国人。齐田单攻燕将所守聊城岁余不下。鲁连乃给燕将写了一封信，系在箭上射入城中。燕将见鲁连书信，泣三日，以归燕和降齐恐皆无善果而自杀。

⑨渡辽：官名。汉时辽东乌桓反，常需渡辽水而击之，故封渡辽将军之官。

⑩甘泉：属雍州，边疆重镇。烽火：指战事。

⑪渔阳：属幽州，边疆重镇。阵云：指战事。

⑫将军：妇人对征夫的称呼。细柳：地名，防卫长安的军营。汉时为防备匈奴侵扰长安，常驻师细柳营。

⑬荡子：指离乡不归之人。《古诗十九首》其二曰：“昔为倡家女，今为荡子妇。荡子行不归，空床难独守。”

⑭“明镜”“秦嘉”：典出《玉台新咏》，秦嘉《赠妇诗三首并序》有“明镜可鉴形”之句。

⑮“辟恶”一句：事出《晋书》，韩寿与贾充之女有私情，贾充之女盗武帝赐给贾充的西域所贡奇香给韩寿，后二人终成眷属。

⑯“春分”二句：说明时光流逝，青春难久，用以表现妇人的极度相思之情。

庾信

庾信（公元513年—581年），字子山，小字兰成。南阳新野（今河南新野）人，南北朝著名文学家、诗人。庾信家族“七世举秀才”“五代有文集”，其父庾肩吾为南朝梁中书令，亦是文学大家。庾信“幼而俊迈，聪敏绝伦”，年少时便跟随父亲出入梁朝萧纲的朝廷，和徐陵一同任萧纲的东宫学士，所开创的宫体文学诗派，被称为“徐庾体”。庾信曾为梁出使西魏，出使期间，梁灭亡。颇负盛名的庾信被仰慕南方文学的北朝君臣留下，官至车骑大将军、开府仪同三司。代梁的陈朝与北周通好，流寓人士，许归故国，唯有庾信与王褒不得南归，庾信客死北方，终年六十九岁。庾信流寓北方，虽身居显位，但心系故园，文风骤变，杜甫曾有言：“庾信文章老更成。”庾信是由南入北的最著名诗人，他饱尝分裂时代特有的人生辛酸，却结出“穷南北之胜”的文学硕果。他的文学成就，昭示着南北文风融合的趋势。乐府诗《燕歌行》，是庾信的代表作之一，《乐府广题》曰：“燕，地名也。言良人从役于燕，而为此曲。”明确指出这类诗是因“良人从役于燕”而创作的乐府歌辞。庾信的《燕歌行》上承曹丕、曹植，下启李白、高适等人，是古代描写燕地风物人情的典范诗章。

咏霍将军北伐

——虞羲

拥旄为汉将，汗马出长城。
长城地势险，万里与云平。
凉秋八九月，虏骑入幽并。
飞狐白日晚，瀚海愁云生。
羽书时断绝，刁斗昼夜惊①。
乘墉挥宝剑②，蔽日引高旍③。
云屯七萃士，鱼丽六郡兵④。
胡笳关下思，羌笛陇头鸣。
骨都先自詟，日逐次亡精。
玉门罢斥候，甲第始修营⑤。
位登万庾积⑥，功立百行成⑦。
天长地自久，人道有亏盈。
未穷激楚乐⑧，已见高台倾⑨。
当令麟阁上⑩，千载有雄名！

【导读】

此诗歌咏了霍去病将军的北伐之事，借以抒发为国建功立业的豪情。尽管凭借当时南方政权的国力希冀北伐成功并非易事，但诗歌所表现的进取精神，在那个时代却是难能可贵的。此诗上承鲍照描写边塞的诗作，下开唐人边塞诗先河，虽然情调尚不及唐人的俊快刚健，但正如何焯所指出，实为杜甫《前出塞》《后出塞》所祖，对边塞诗的发展具有积极意义。

幽州（今北京一带）和并州（今山西太原一带）在古代长期处于游牧民族和农耕民族的交汇交融前沿一线，两地民风彪悍，世情尚武，游侠成风，因此经常并列描摹。曹植的《白马篇》云："借问谁家子，幽并游侠儿。"鲍照的《拟古》云："幽并重骑射，少年好驰逐。"而本诗直写："长城地势险，万里与云平。凉秋八九月，虏骑入幽并。"写出幽州和并州地区的山川气候和长城地势，特别是秋凉时节，虏骑入侵，边关警报急传，瀚海愁云骤生，具有极强的地域色彩。

本诗选自《文选》（萧统）。

【注释】

①刁斗：古代军中用于打更和煮饭的铜勺，有柄，能容一斗。

②乘：登上。墉（yōng）：城墙。

③旍（jīng）：古同"旌"。

④鱼丽：古代阵法，攻击力强，防守偏弱。六郡兵：六郡，指汉陇西、天水、安定、北地、上郡、西河，此地带多出良将。

⑤甲第：本谓封侯者的住宅。此句是说，匈奴已被消灭，现在可以建造府邸了。汉武帝曾为霍去病建造府邸以奖赏其击败匈奴之功，霍拒绝说："匈奴未灭，何以家为？"

⑥庾：露天的谷仓。

⑦百行：多方面的品行。此处形容其德高望重。

⑧激楚：楚时战歌。

⑨高台倾：指霍去病之死。霍去病虽然功成名就，但英年早逝，只活了二十四岁。

⑩麟阁：麒麟阁，在未央宫中。

虞羲

虞羲（生卒年不详），字子阳，一说字士光。会稽余姚（今浙江省余姚市）人。南朝齐梁间诗人。虞羲的诗以《咏霍将军北伐》最为有名，此诗被收录于梁昭明太子萧统编选的《文选》。该诗写沙场烽火，颇有气势，写出了幽州特有的边地风情和战地军情，表达了作者为国效命、驰骋幽燕的豪情壮志。

鹪鹩赋

——张华

鹪鹩[①]，小鸟也，生于蒿莱之间[②]，长于藩篱之下，翔集寻常之内，而生生之理足矣。色浅体陋，不为人用，形微处卑，物莫之害，繁滋族类，乘居匹游，翩翩然有以自乐也。彼鹫鹗鹍鸿[③]，孔雀翡翠，或凌赤霄之际[④]，或托绝垠之外，翰举足以冲天，觜距足以自卫，然皆负矰婴缴，羽毛入贡。何者？有用于人也。夫言有浅而可以托深，类有微而可以喻大，故赋之云尔。

何造化之多端兮，播群形于万类。惟鹪鹩之微禽兮，亦摄生而受气。育翩翾之陋体[⑤]，无玄黄以自贵。毛弗施于器用，肉弗登于俎味。鹰鹯过犹俄翼，尚何惧于罿罻[⑥]。翳荟蒙笼，是焉游集。飞不飘扬，翔不翕习。其居易容，其求易给。巢林不过一枝，每食不过数粒。栖无所滞，游无所盘。匪陋荆棘，匪荣茝兰。动翼而逸，投足而安。委命顺理，与物无患。

伊兹禽之无知，何处身之似智。不怀宝以贾害，不饰表以招累。静守约而不矜，动因循以简易。任自然以为资，无诱慕于世伪。雕鹖介其觜距，鹄鹭轶于云际。稚鸡窜于幽险，孔翠生乎遐裔。彼晨凫与归雁[⑦]，又矫翼而增逝。咸美羽而丰肌，故无罪而皆毙。徒衔芦以避缴，终为戮于此世。苍鹰鸷而受绁，鹦鹉惠而入笼。屈猛志以服养，块幽縶于九重。变音声以顺旨，思摧翮而为庸。恋钟岱之林野，慕陇坻之高松。虽蒙幸于今日，未若畴昔之从容。

海鸟鶢鶋[⑧]，避风而至。条枝巨雀，踰岭自致。提挈万里，飘飖逼畏。夫唯体大妨物，而形瑰足玮也。阴阳陶蒸，万品一区。巨细舛错，种繁类殊。鹪螟巢于蚊睫[⑨]，大鹏弥乎天隅。

将以上方不足，而下比有余。普天壤以遐观，吾又安知大小之所如？

【导读】

《鹪鹩赋》是张华的成名作。张华一生与幽燕关系密切，五十多岁时曾北上幽州任职，都幽州诸军事，领护乌桓校尉、安北将军，时间前后达八年之久。任职期间，缓和了幽燕之地的民族关系，人们也将其视为西晋具有代表性的幽燕诗人。《鹪鹩赋》是张华的借物赋情之作。

鹪鹩是幽燕之地常见的一种鸟，羽毛赤褐色，略有黑褐色斑点，尾羽短，略向上翘。“毛弗施于器用，肉弗登于俎味”的鹪鹩在张华眼里异常亲切生动，“其居易容，其求易给。巢林不过一枝，每食不过数粒”。他看见的是鸟，也由鸟看见了人，有感于鹪鹩“动翼而逸，投足而安。委命顺理，与物无患。伊兹禽之无知，而处身之似智”，他不吝语言为之赋文——写鹪鹩，也是写人生。《鹪鹩赋》通过对鸟禽的褒贬，抒发自己的政治抱负。名士阮籍在看到这篇赋后，感叹道：“王佐之才也！”张华的声名由此显著。

本赋选自明人张溥《汉魏六朝百三家集》辑存的《张茂先集》。

【注释】

①鹪（jiāo）鹩（liáo）：一种鸟，羽毛赤褐色，略有黑褐色斑点，尾羽短，略向上翘。

②蒿莱：杂草。

③鹫：一种猛禽，也称“雕”。鹗（è）：鸟，生性凶猛，常在水面上飞翔，捕食鱼类，俗称“鱼鹰”。鹍（kūn）：古书上一种形似天鹅的大

鸟。鸿：大雁。

④淩：奔驰，疾行。

⑤翩：很快地飞，轻快，飘忽。翾（xuān）：轻柔地飞，古同“儇”。

⑥罿（chōng）：一种捕鸟的网，鸟入网后，能自动将鸟罩住。罻（wèi）：捕鱼网。

⑦晨凫（fú）：指野鸡。

⑧鹓（yuán）鶋（jū）：一种海鸟名。

⑨蚊睫：亦作“蟁（wén）睫”，蚊虫的眼睫毛，比喻极小的处所。《晏子春秋·外篇下十四》：“东海有虫，巢于蟁睫，再乳再飞，而蟁不为惊。”

张华

张华（公元232年—300年），字茂先，范阳方城（今河北固安）人。西晋著名政治家、文学家。张华年轻时便学识渊博、多才多艺，颇受人赏识。曹魏时曾任太常博士、中书郎。西晋建立后，拜黄门侍郎，并封关内侯，后迁司空。他“学业优博，辞藻温丽，朗赡多通，图纬方伎之书莫不详览”，“少自修谨，造次必以礼度。勇于赴义，笃于周急。器识弘旷，时人罕能测之”。张华坚决支持晋武帝司马炎伐吴的统一战争，战时任度支尚书，灭吴后，张华因功封广武县侯，不久又出镇幽州。在幽州期间，张华重视武备和民生，成绩卓然，深受幽州百姓爱戴。因政绩突出，张华被渔阳太守鲜于嗣推荐任太常博士，后升任中书郎。永康元年（公元300年），张华在西晋“八王之乱”时被赵王司马伦杀害，时年六十九岁。

蓟城西北隅有蓟丘（节选）

——郦道元

㶟水又东南[①]，迳良乡县之北界，历梁山南，高梁水出焉[②]。

过广阳蓟县北，㶟水又东，迳广阳县故城北。谢承《后汉书》曰：世祖与铫期出蓟，至广阳，欲南行，即此城也。谓之小广阳。㶟水又东北，迳蓟县故城南。《魏土地记》曰：蓟城南七里有清泉河，而不迳其北，盖《经》误证矣[③]。

昔周武王封尧后于蓟[④]，今城内西北隅有蓟丘[⑤]，因丘以名邑也，犹鲁之曲阜[⑥]，齐之营丘矣[⑦]。武王封召公之故国也[⑧]。秦始皇二十一年灭燕，以为广阳郡。汉高帝以封卢绾为燕王，更名燕国。王莽改曰广有，县曰代成。城有万载宫、光明殿。东掖门下，旧慕容俊立铜马像处。

【导读】

郦道元的《水经注》卷十三，不但详细记载了北魏时期北京地区的主要河流㶟水（今永定河）及支流的流经情况，还明确记载了蓟城的地貌情况："今城内西北隅有蓟丘"，并做出蓟城得名是"因丘以名邑"的判断，还用鲁地曲阜和齐地营丘的名城由来相佐证："犹鲁之曲阜，齐之营丘矣。"这段文献是一千五百年前关于北京（蓟城）地貌和名称由来的带有科学考证性质的研究性判断，是目前较早的关于北京城市地理和城市历史的原始文献，史料价值极高。蓟城指的是西周初年周武王在北京地区分封黄帝之后（一说帝尧之后）的蓟封国的都城，地理位置在今北京西城广安门一带。周初分封的燕封国的都城位于北京房山琉璃河董家林。这两个封国的都城分别是北京城市起源的直接源头和间接源头。西周末年至春秋之际，北方山戎强大起来，他们灭掉了蓟封国，并迫使燕封国将都城南迁。后燕国向当时最强大的齐国求救，春秋五霸之首的齐桓公亲自带兵帮助燕国扫平山戎。此时蓟国已灭，燕国就将都城迁到原来蓟国的都城蓟城，此所谓“燕都蓟城”。蓟国从此就在历史上消失了。燕国经燕昭王招贤而国力大增，成为战国七雄之一。秦统一六国后，燕地被划分为广阳、右北平等郡。汉初郡国并行，除设广阳郡外，还封功臣卢绾为燕王。王莽篡位后将广阳郡改名为广有郡（一说“广公郡”）。

郦道元文中还记载了北魏时蓟城内有万载宫、光明殿、东掖门等建筑，这些记载都非常珍贵。

本文节选自《水经注》卷十三。

【注释】

①㶟（lěi）水：指今天的永定河。这条河历史上有许多名字：㶟水、湿水、治水、浑河、卢沟河、无定河等。清康熙三十七年（公元1698年）大规模整修河道后始改名“永定河”，希望其水患不兴、河道不改、造福于民。

②高梁水：即今高梁河，为注入㶟水的支流之一。此处高梁水并非今日源于紫竹院天然湖泊、东流入积水潭的高梁河。

③盖《经》误证：郦道元指出《水经》记载的错误。

④封尧后于蓟：公元前1045年，周武王封帝尧之后（一说黄帝之后）于蓟，是为蓟国，治所在蓟城。

⑤城内：指蓟城内。此句说蓟城内的西北角有蓟丘。蓟丘这个小丘高地，大约在今北京西城白云观以西。

⑥鲁之曲阜：曲阜为鲁国都城，得名由来是因其城中有高地而

名“阜”。

⑦齐之营丘：齐国的营丘得名也是因城中有高地。此处作者举例说明历史上以“丘”为名的城、县。

⑧武王封召公之故国：周初周武王分封给召公的燕国，位于北京房山琉璃河董家林；分封给帝尧之后（一说黄帝之后）的蓟国，位于北京西城广安门附近。燕、蓟为两个独立的封国，此处郦道元对两者区分得不是很清楚。

郦道元

郦道元（公元469年—527年），字善长，范阳涿州（今河北涿州）人，南北朝时期北魏地理学家。年少时随担任青州（今山东青州）刺史的父亲郦范居青州。太和十四年（公元490年）父亲去世，郦道元袭父永宁侯爵位。先后担任北魏尚书主客郎、冀州镇东府长史、鲁阳郡太守、东荆州刺史、河南尹等职。因执法严峻，得罪豪强，被萧宝夤部将郭子恢围杀于阴盘驿。郦道元年少时博览群书，小时曾随父亲到山东访求水道。入仕后，常因公私事务，考察山川河流，搜集有关的风土民情、历史故事、神话传说，为其后为《水经》作注奠定坚实基础。《水经》是我国古代第一部专门记载河道水系的地理著作，简要记述了全国一百三十七条主要河流的水道状况，该书因郦道元作注而学术价值倍增。郦道元的《水经注》共四十卷，实地考察加旁征博引，将原书记载的一百三十七条水道扩展至一千二百五十二条，注文达三十万字，是我国古代少有的地理科学专著，地学和文学双重价值突出。《水经注》对北魏时期北京地区的河流水系有详细记载，其中对㶟水（即今永定河）的发源、主流、支脉、流经情况等记载极为翔实，为我们掌握一千五百年前北京地区的主要山川河流、湖泊水系及改道情况提供了第一手材料。特别是书中关于蓟丘所处位置的描述及蓟城得名的判断，为我们研究北京城市发展史提供了重要的文献支撑。

隋唐五代时期

从军行[1]

——卢思道

朔方烽火照甘泉[2]，长安飞将出祁连[3]。
犀渠玉剑良家子[4]，白马金羁侠少年[5]。
平明偃月屯右地，薄暮鱼丽逐左贤[6]。
谷中石虎经衔箭[7]，山上金人曾祭天。
天涯一去无穷已，蓟门迢递三千里[8]。
朝见马岭黄沙合[9]，夕望龙城阵云起[10]。
庭中奇树已堪攀，塞外征人殊未还。
白雪初下天山外，浮云直向五原间[11]。
关山万里不可越[12]，谁能坐对芳菲月。
流水本自断人肠，坚冰旧来伤马骨。
边庭节物与华异[13]，冬霰秋霜春不歇。
长风萧萧渡水来，归雁连连映天没。
从军行，军行万里出龙庭[14]。
单于渭桥今已拜[15]，将军何处觅功名？

【导读】

《从军行》一类的诗赋大多写军旅生活艰苦和征人思妇两地相思的痛苦。这首写于隋初而流传后世的《从军行》也是如此，着重写了汉时出征匈奴将士的英勇和征夫无限思乡之情。南北朝时期王朝更迭频繁，北朝末年更是连年征战、民不聊生、怨声载道。卢思道一生都在目睹战乱，因而他像每个普通民众一样渴望结束战争，安居乐业。然而，碍于前朝旧臣的身份，却又不能直言嘲讽，只能借品评汉朝的边塞战争抒发自己渴望社会和平安宁的心愿。

《从军行》是幽州名士卢思道流传后世的佳作。诗的前半部分歌颂了汉代大将李广的丰功伟绩和战士长戍不归的生活，使历史与现实遥相呼应；后半部分转为幽怨，通过家人的思念衬托战争的艰苦和残酷，借古咏今，抒发自己的感情。“天涯一去无穷已，蓟门迢递三千里”，描写蓟门征程遥远，宛若天涯。结尾借咏汉时战事，抒发诗人的反战思想。

本诗选自《卢武阳集》（清光绪善化章经济堂刻本）。

【注释】

①从军行：古乐府题。

②朔：泛指北方边塞。甘泉：指甘泉山。

③祁连：指祁连山关隘。

④犀渠：犀皮做的盾牌。

⑤羁：马笼头和缰绳。

⑥薄暮：夜幕降临。

⑦石虎：相传飞将军李广曾误将石头认成老虎，箭射而入石中。此处用这个典故表现了战士们的英勇神武和臂力过人。

⑧蓟门：古蓟城城门，多代指蓟城。

⑨马岭：马岭关。

⑩夕：晚上。龙城：代指匈奴老巢。

⑪五原：五原城。

⑫关山：关隘高山。

⑬边庭：塞外。节物：节气和气候。华：指中原地区。

⑭龙庭：皇城。

⑮单于渭桥：公元前51年，汉宣帝曾在渭桥与匈奴单于商议和好罢战之事。

卢思道

卢思道（公元531年—583年），幽州范阳人，北朝末隋初诗人。年轻时师事“北朝三才”之一的北齐邢劭（字子才），便展现出超众的才学，北齐宣王死后，朝臣为其作挽联十首，卢思道一人便占了八首，因而有“八米卢郎”之称。北周灭北齐后入北周，官至仪同三司，迁武阳太守。他一生主要文学活动都在北朝，隋开皇三年（公元583年）卒。他的作品善于用典、对仗工整、气势充沛、语言流畅，在北朝后期和隋初地位较高。代表作有《从军行》，文章以《劳生论》最有名，被誉为北朝文章压轴之作。有《卢武阳集》一卷存世。《诗薮》说：“六朝歌行可入初唐者，卢思道《从军行》，薛道衡《豫章行》，音响格调咸自停匀，气体丰神，尤为焕发。”其新颖的句式影响了隋唐以来的七言歌行。卢思道是幽州这片土地上滋养成长起来的文化名士，也是中古时期幽州的历史文化名人。

送幽州陈参军赴任寄呈乡曲父老

——卢照邻

蓟北三千里[①]，关西二十年。
冯唐犹在汉[②]，乐毅不归燕[③]。
人同黄鹤远，乡共白云连。
郭隗池台处[④]，昭王尊酒前[⑤]。
故人当已老，旧壑几成田[⑥]。
红颜如昨日，衰鬓似秋天。
西蜀桥应毁，东周石尚全。
灞池水犹绿[⑦]，榆关月早圆[⑧]。
塞云初上雁，庭树欲销蝉。
送君之旧国，挥泪独潸然。

【导读】

这首诗写于卢照邻人生后期，即身染“幽忧之疾”之后。久病医治无功，仕途之路也渐行渐暗，使他久久不能释怀，诗中流露出一种异于常人的哀伤。故人陈参军要到幽州赴任，而幽州正是他阔别二十年、相隔三千里的故乡。他怀着建功立业的抱负离开家乡，独自在异乡闯荡几十年，却前路暗淡，报国无望，自己也身患顽疾，久久不愈，内心不由得激起对故乡幽州的强烈思念。

诗中的“蓟北”即诗人的家乡幽州，首句便写出作者已离开家乡二十载，如今只能在距离故土三千里的他乡遥相思念。“乐毅不归燕”“郭隗池台处”“昭王尊酒前”，燕昭王曾设黄金台招揽天下贤士，乐毅闻风来投，并在燕昭王手下建立了不世功勋。“红颜如昨日，衰鬓似秋天”，那些传世的功勋战歌仍在耳边传响，而自己两鬓却早已花白。故人老去，沧海桑田，只能在泪沾满襟中送别远赴家乡的友人。诗歌引经据典，提到了燕昭王、乐毅、郭隗等战国时期故土幽州的豪杰，而自己却年华蹉跎、一身重病、垂垂老矣。这首诗凄楚悲凉，寂寥哀伤，与其说是一首赠别诗，不如说是一首表达对故土幽州深沉思念之情的乡愁诗，“送君之旧国，挥泪独潸然”，读来不禁让我们嗟叹心伤。

本诗选自《全唐诗》卷四二。

【注释】

①蓟北：泛指幽州。

②冯唐：汉朝大臣。相传汉景帝时，冯唐因为耿介直言而被罢官。汉武帝时，匈奴来犯，有人举荐冯唐，可是冯唐已经九十多岁，心有余而力不足，不能再出来任职。后用来形容老来难以当任。

③乐毅：战国时期燕国名将，曾统帅燕国等五国联军攻打齐国，连下七十余城，报了齐国伐燕之仇。

④郭隗：战国时期燕国谋士，曾让燕昭王“筑台而师之”，为燕国招揽了许多奇人异士，终使燕国富强。

⑤昭王：即燕昭王，曾采纳郭隗建议，筑黄金台，广揽天下贤士，振兴燕国。

⑥旧壑：过去的坑谷、深沟。

⑦灞池：池名，位于汉文帝的陵墓灞陵地界。

⑧榆关：山海关的古称。

卢照邻

卢照邻（约公元636年—约680年），字生之，自号幽忧子，幽州范阳人，初唐诗人，与王勃、杨炯、骆宾王因诗文齐名，号称“初唐四杰”。卢照邻博学能文，才华横溢，早期有着积极入世、建功立业的抱负，然而后期仕途上的坎坷失意和长期的病痛折磨使其饱经患难，且多方寻医、久治无功，最终不堪其苦，自投颍水而亡。他的作品辞藻富艳、意境清炯，尤擅长诗歌骈文。《长安古意》是他的代表作，诗中的“得成比目何辞死，愿做鸳鸯不羡仙”更成千古佳句，广为传诵。《送幽州陈参军赴任寄呈乡曲父老》是其另一首代表作。有七卷本《卢生之集》存世。卢照邻可以说是在幽州土生土长的名士，幽州这片土地养育了他，他也在许多作品中讴歌幽州以寄托故土之思。

登幽州台歌

——陈子昂

前不见古人，后不见来者①。
念天地之悠悠②，独怆然而涕下③。

【导读】

唐代幽州城（北京西城广安门一带）是仅次于长安、洛阳的第三大政治、经济、军事、文化中心。安禄山、史思明曾以幽州城为大本营，发动长达八年的对抗唐中央政府的“安史之乱”。唐代幽州城在北京城市发展史上具有极其重要的地位。梁思成说：“现在的北京城最早的基础是唐代的幽州城。”在幽州城北门偏西处有高台名叫“幽州台”（今白云观西），后世文人多认为这是燕昭王招贤时所筑的黄金台，对此台歌咏不尽。公元696年，契丹首领李尽忠、孙万荣反叛，进逼幽州，形势危急。武则天派侄儿建安郡王武攸宜率兵讨伐，陈子昂为幕府。前锋战败，陈子昂直言进谏，对战略战术提出批评，并表示愿作为前锋征战契丹，武攸宜却将其贬降为下级军曹。陈子昂失去了建功立业的大好时机。公元697年，盼望立功边塞的军人陈子昂在个人抱负无法施展的极度愤懑中写下了诗坛绝品《登幽州台歌》。全诗节奏紧凑，极富感染力，也留给后人充分的想象空间。前两句俯仰古今，渲染了时间的漫长，第三句凭楼远眺，写出了空间的辽阔，在如此广阔无垠的时空背景下，最后一句描写了作者孤单寂寞和苦闷的情绪。两相映照，分外感人，读来酣畅淋漓又余音绕梁。这是北京这块土地孕生出的千古绝唱。

本诗选自《全唐诗》卷八三。

【注释】

①来者：后来的贤明主上。诗人看不见前古贤人，古人也没来得及看见诗人；诗人看不见未来英杰，未来英杰同样看不见诗人。诗人所能看见以及能看见诗人的，只有眼前这个不得志的时代，表现了诗人失意的境遇和寂寞苦闷的情怀。

②悠悠：形容时间的久远和空间的广大。

③怆（chuàng）然：悲伤的样子。

陈子昂

陈子昂（公元661年—702年），字伯玉，梓州射洪（今四川省射洪县）人。唐代文学家。二十四岁中进士，才华颇得武则天赏识，后任右拾遗，世称“陈拾遗”。他仗义疏财，慷慨任侠，有极高军事素养，对边防有远见卓识。三十七岁时作为武则天侄儿建安郡王武攸宜的随军幕僚，北上幽州征战契丹，因直言进谏，被贬为军曹。后归乡居父丧，遭权臣武三思和射洪县令段简迫害，四十一岁冤死狱中。陈子昂存诗一百多首，其边塞诗主要是在幽州完成的，代表作《登幽州台歌》和《蓟丘览古赠卢居士藏用》七首，是北京这块土地滋养出来的千古名篇。白居易将其与杜甫并称：“杜甫陈子昂，才名括天地。”陈子昂是实地到过幽州并在幽州有较长军旅生活的唐代大诗人。

蓟丘览古赠卢居士藏用之五　田光先生①

——陈子昂

自古皆有死，徇义良独稀②。
奈何燕太子③，尚使田生疑。
伏剑诚已矣④，感我涕沾衣。

【导读】

这首诗是陈子昂组诗作品《蓟丘览古赠卢居士藏用》中的一首，主要赞颂了战国时期燕国豪侠田光的行侠仗义、智勇双全。田光曾为燕太子丹谋划刺杀秦王，并举荐荆轲。此诗的写作背景与他的千古绝唱《登幽州台歌》相同，内容也均为他在随武则天侄儿武攸宜征讨契丹、一腔热血却报国无门后的慷慨悲叹。陈子昂登临蓟城西北隅的蓟丘，极目远眺，抚今追昔，触景生情，写下了这组苍茫遒劲、明朗刚健的《蓟丘览古赠卢居士藏用》，分别为《轩辕台》《燕昭王》《乐生》《燕太子》《田光先生》《邹衍》《郭隗》，七首诗通过缅怀战国时期燕国的燕昭王、燕将乐毅、燕太子丹、燕国名士田光、邹衍、郭隗这些先贤的丰功伟绩，抒发自己生不逢时、壮志难酬的感慨，是陈子昂自己“兴寄”“风骨”理论的具体实践。燕昭王曾采纳贤士郭隗的意见，设黄金台招贤纳士，乐毅、邹衍等人才纷至沓来。田光为燕太子丹谋划了刺杀秦王的行动，并举荐勇士荆轲，虽然功败垂成，但其大勇大义亦成佳话。这是北京这块土地生长的千古传奇，这些传奇人物的人物传奇也为北京积淀了深远厚重的文化底蕴。

本诗选自《全唐诗》卷八三。

【注释】

①田光先生：战国时燕国义士，曾为燕太子丹谋划刺秦之事，并举荐荆轲，然后伏剑自杀。

②徇：为实现某种目的而献身。

③燕太子：是指战国末期的燕国太子丹，曾谋划刺杀秦王之事，后事情败露，秦大举攻燕，其父燕王喜杀太子丹以求和，但也只是一厢情愿，公元前222年秦灭燕国。

④伏剑诚已矣：伏剑而死诚然已成往事。伏剑：用剑自杀。

登蓟丘楼送贾兵曹入都

——陈子昂

东山宿昔意，北征非我心[①]。
孤负平生愿，感涕下沾襟。
暮登蓟楼上[②]，永望燕山岑[③]。
辽海方漫漫，胡沙飞且深。
峨眉杳如梦[④]，仙子曷由寻。
击剑起叹息，白日忽西沉。
闻君洛阳使，因子寄南音。

【导读】

此诗应该作于陈子昂第二次北征期间，即他三十七岁时作为武则天侄儿武攸宜随军幕僚北上幽州征讨契丹期间。从唐朝开国到“安史之乱”爆发，唐朝的幽州边境始终战火不断，塞北秋风猎马的战场为人们建功立业提供了广阔的空间。陈子昂、高适、李白、张说等无不在征战或游历幽州期间写下了大量诗篇。此诗便是陈子昂在弹剑作歌、披挂上马、驰骋塞外的壮志难以实现之后写下的悲凉幽怨之作。

陈子昂不仅是一位杰出的诗人，而且有着卓越的军事才能，奈何他一腔热情直言进谏，却受尽排挤、被斥降职。报国无门、心灰意冷的陈子昂，傍晚时分登临蓟城西北隅的蓟丘楼远眺时触景生情，写下这篇作品。这首诗风骨峥嵘，意蕴深远，苍劲有力，诗中描写的景色苍茫辽阔，抒发的意境悲凉哀伤，将自己为国建功立业却壮志难酬的失望幽怨之情展现得淋漓尽致。陈子昂作品中有大量的北京元素，如“燕山”“蓟丘”，再如其代表作《登幽州台歌》中的“幽州”，又如《登蓟城西北楼送崔著作融入都序》中的“蓟丘故事，可以赠言，同赋登蓟楼送崔子云尔”，又如《蓟丘览古赠卢居士藏用》中的“燕昭王”“燕太子丹”“田光先生”“乐毅”“郭隗”“邹衍”等大量燕之明主义士。可见北京这片土地滋养了陈子昂的诗情文意，促使他写下了慷慨悲歌的传世名篇。

本诗选自《全唐诗》卷八三。

【注释】

①北征：北上幽州。

②蓟楼：古蓟城西北隅蓟丘上的登高之楼，俗称“蓟楼”。

③岑：山小而高。

④杳：无声无息。

幽州夜饮[1]

——张说

凉风吹夜雨，萧瑟动寒林[2]。
正有高堂宴[3]，能忘迟暮心[4]。
军中宜剑舞[5]，塞上重笳音[6]。
不作边城将[7]，谁知恩遇深。

【导读】

《幽州夜饮》是张说所写的一首五言律诗。据《新唐书·张说传》，开元初，张说为中书令，因与宰相姚崇不和，罢为相州刺史、河北道按察使，坐累徙岳州。后以右羽林将军检校幽州都督。此诗便是他在幽州都督府所作。诗中描写了边城夜宴的情景，颇具凄婉悲壮之情。全诗以“夜饮”为中心，紧扣题目。起句描写“夜饮”环境，渲染气氛。“凉风吹夜雨，萧瑟动寒林”，正值秋深风凉之时，在幽州边城的夜晚，风雨交加，吹动树林，只听见一片凄凉动人的萧瑟之声。结句“不作边城将，谁知恩遇深”，铿锵有声，似乎将愁苦一扫而光，转而感激皇上派遣的深恩，以在边城做将为乐、为荣。实际上，他将对朝廷的满腹牢骚，隐藏在这看似感激而实含怅怨的诗句之中，表现其思想情感上的深沉苦痛。诗歌在语言上遒健质朴，写景之语并无华丽之辞，与边塞情调极为相称。读罢此诗，一个古时北京夜宴的将军和一位身处幽燕边塞饮酒排遣的诗人形象浑然一体地叠加纸上。

本诗选自《全唐诗》卷八七。

【注释】

①幽州：古代州的名称。辖区为今北京、河北北部一带。

②“凉风”二句：通过对“凉风”“夜雨”“寒林”的描写，突出了边地之夜萧瑟、荒寒的特点。第二句化用宋玉《九辩》中“悲哉秋之为气也，萧瑟兮草木摇落而变衰”的诗意，渲染了悲凉的色彩，为全诗奠定了愁苦的情感基调。

③高堂宴：这里指在高大华丽的厅堂所举办的宴会。

④迟暮心：因衰老引起凄凉暗淡的心情。化用了屈原《离骚》中的“惟草木之零落兮，恐美人之迟暮”，表达了诗人因年老及仕途坎坷所生的愤懑之情。

⑤剑舞：意指为了助兴而舞剑，增加筵席的欢乐气氛。《史记·项羽本纪》中，项庄说：“军中无以为乐，请以剑舞。”

⑥笳（jiā）：胡笳，一种乐器，为中国古代北方民族所使用。

⑦边城将：这里指作者自己，当时的张说任幽州都督。

张说

张说（yuè）（公元667年—730年），字道济，又字说之，河南洛阳人，唐朝政治家、军事家、文学家。张说的祖先原是范阳人，世代居于河东（今山西永济），后迁至河南洛阳。在四十一年的从政生涯里，在外宦游的时间大约为十五年，其优秀作品多是在这期间创作的。张说开元元年（公元713年）任中书令后被姚崇排挤出京，贬为相州（今河南安阳）刺史、河北道按察使。其后又降职转为岳州（今湖南岳阳）刺史。开元六年（公元718年）出任右羽林将军、幽州都督、河北节度使，摄御史大夫。张说由此开启“社稷之臣”和“安边名将”生涯，曾在开元六年（公元718年）、八年（公元720年）、十年（公元722年）三次立功幽燕。“重气轻生知许国”的壮志豪情，伴随着塞外风云流泻于他的笔端，使他的边塞诗创作呈现出迥异于以往、只强调个人凄凄悲音的高昂情绪。他在幽州任上稳定局势，发展生产，政绩斐然，写下了《幽州元日》《幽州新岁作》《幽州别阴长河行先》《幽州夜饮》《幽州送随军入秦》《幽州送尹懋成妇》等诗作。可以说，张说边塞诗创作的重大成就，即是在北京这片土地的滋养下产生的。

幽州新岁作

——张说

去岁荆南梅似雪[①]，今年蓟北雪如梅[②]。
共知人事何常定，且喜年华去复来。
边镇戍歌连夜动，京城燎火彻明开。
遥遥西向长安日，愿上南山寿一杯[③]。

【导读】

《幽州新岁作》是唐代诗人张说写的一首七言律诗，选自《全唐诗》。张说一生“升降数四，守正而见遂者一，遇坎而左迁者二”，充满传奇色彩的生活经历丰富了其诗歌创作的内容和题材，也影响了他的创作风格。开元元年（公元713年），太平一党伏诛，张说自东都召回，再次拜相，后因姚崇所诟，他旋又被贬为相州刺史、河北道按察使，此后又移镇岳、荆，继而统兵塞北。开元六年（公元718年），又从荆州任迁右羽林将军、幽州都督、河北节度使，从此与北京地区结下不解之缘。开元七年（公元719年）作者身处幽州，诗中“蓟北”“边镇”这两个地域的代称，照应诗题中的“幽州”。唐代幽、蓟二州地处东北边塞。所谓“东北边塞”，是以唐朝都城长安、洛阳为坐标而言的，主要指北京及河北北部的幽、蓟二州。幽、蓟二州的地理位置非常重要，不仅是抵御奚、契丹等北方少数民族袭扰的前沿阵地，而且是东出渤海、靺鞨的必经之地。

作者在新年之际，虽身在幽州，但心念长安。当听到戍歌响起，想到京城灯火通明，不禁为国家的繁荣昌盛、社稷的年年安稳，感到由衷的欣喜。“喜”字表达了作者对新的一年到来的欣喜之情，也表达了其对年年人事变化不定，但新的一年总能如期而至的感叹，融入了人世无常和忠君报国的种种情愫。

本诗选自《全唐诗》卷八七。

【注释】

①荆南：指荆州。张说于开元五年（公元717年）至六年（公元718年）为荆州长史。

②蓟北：此指幽州。蓟：地名，周武王封帝尧之后（一说黄帝之后）于此。因城西北有蓟丘而得名。故地在今北京市西城区广安门一带。

③南山寿：犹言高寿。《诗经·小雅·天保》：“如南山之寿，不骞不崩。”

九日送别

——王之涣

蓟庭萧瑟故人稀①，何处登高且送归。
今日暂同芳菊酒②，明朝应作断蓬飞③。

【导读】

蓟庭、蓟北、渔阳，泛指唐代幽州、蓟州一带，今北京及河北北部，也是后来安史叛军的根据地。秋风蓟北，草木凋零，王之涣闲放游历于此迂僻之地，自然不会有什么朋友，意外和隐居此地的老朋友上官致情相逢也成为孤凉中的慰藉。王之涣和上官致情当时皆因一些情由而都算是失意之人，失意人和失意人同饮本是相逢时才吃的酒，酒后的第二天却又要天各一方了。意外再相逢、同饮菊花酒、次日又分别，多情自古伤寂寥，在这个远离仕途权力中心的旧地，不得志的两人，如此强烈地惺惺相惜，衬托出无法进京为官的仁人志士的抑郁与无奈。幽州城，千古幽幽，见证了多少唐代文人建功立业的失落，又印写了多少志士报国无门的苦闷，在这个苦寒之地，游走着失意之人，送别在此也显得分外悲凉！

本诗选自《全唐诗》卷二五三。

【注释】

①萧瑟：草木被秋风吹袭的声音。《步出夏门行·观沧海》：“秋风萧瑟。”稀：少，不多。《玉台新咏·古诗为焦仲卿妻作》：“相见常日稀。”

②芳菊酒：即芬芳的菊花酒。唐权德舆《过张监阁老宅对酒奉酬见赠》诗："秋风倾菊酒，霁景下蓬山。"权德舆《嘉兴九日寄丹阳亲故》诗："草露荷衣冷，山风菊酒香。"

③断蓬：飞蓬。比喻漂泊无定。宋柳永《双声子》词："晚天萧索，断蓬踪迹，乘兴兰棹东游。"

王之涣

王之涣（公元688年—742年），字季凌，山西太原人，后迁居绛州（今山西省新绛县），盛唐著名诗人。他慷慨有大略，倜傥有异才，豪放不羁，常击剑悲歌，其诗多被当时乐工制曲歌唱。他与高适、王昌龄、岑参等相唱和，史称"四大边塞诗人"。惜其诗歌散失严重，传世之作仅六首，其中《登鹳雀楼》《凉州词》极负盛名。王之涣生于太原名门望族，曾任冀州衡水主簿，开元十三年（公元725年）前后，因被人诬谤，乃拂衣去官，之后居家唱和十五年。其间多次流走蓟门，开元十八年（公元730年），王之涣游历此地，意外和老朋友上官致情相逢，时上官致情携弟子隐居此地，两人相见，唏叹世事。次日，王之涣辞友还乡，上官致情也将携弟子远行。这首诗便是在这时写下的。两年前，王之涣流寓蓟门，高适曾三次来访不遇，赋诗留赠，《唐才子传》误称王之涣为蓟门人，想必也出于此。

陪张丞相登荆城楼因寄蓟州张使君及浪泊戍主刘家

——孟浩然

蓟门天北畔[①]，铜柱日南端[②]。
出守声弥远[③]，投荒法未宽[④]。
侧身聊倚望[⑤]，携手莫同欢。
白璧无瑕玷[⑥]，青松有岁寒[⑦]。
府中丞相阁，江上使君滩。
兴尽回舟去，方知行路难。

【导读】

蓟、蓟门、蓟州、蓟县、蓟北都有各自的历史沿革，同亦不同。蓟作为地名最早出现在周初，是周武王封的诸侯国，而后蓟作为封国，春秋时期，北方山戎灭蓟弱燕，燕联齐扫灭山戎后，迁都蓟城。秦汉置广阳郡，隋为涿郡，唐为幽州。无论是“蓟”“蓟州”还是“蓟门”“蓟县”“蓟北”，都是古代文人歌咏幽燕边地的地标词汇。例如李益笔下的“蓟门云树远依依”（《送客还幽州》）。而后到“蓟门烟树”更是被题为“燕京八景”之一。孟浩然和张丞相伫立于古城荆州（今湖北境内），遥想天北蓟门、安南铜柱，正可谓地方之偏远而行路难，也从侧面描写了诗人远离京都、体察边塞之苦寒。孟浩然诗中反复出现的张姓官员，经考证有可能是张九龄或张说，例如《同张将蓟门观灯》中的“张将”可能意指时任幽州都督的张说，因为在开元十二年（公元724年）、十三年间，孟浩然在幽州曾是张说的门客。

本诗选自《全唐诗》卷一六〇。

【注释】

①畔：江河道路旁边，此处为边界之义。

②铜柱：指马援铜柱。东汉时，交趾女子征侧、征贰姐妹起兵反汉，汉光武帝刘秀派伏波将军马援率军平定了交趾，并在其地立铜柱，作为汉朝最南方的边界。

③出守：由京官出为太守。唐杜甫《宴忠州使君侄宅》诗："出守吾家侄，殊方此日欢"。弥：长，久。

④投荒：贬谪、流放至荒远之地。

⑤聊：姑且。

⑥瑕玷：泛指白玉上的斑点。

⑦岁寒：一年中寒冷的冬季。

孟浩然

孟浩然（公元689年—740年），本名浩，字浩然，襄州襄阳（今湖北襄阳）人，世称"孟襄阳"，也是孟子第三十三代传人，盛唐著名山水田园诗人。孟浩然虽怀揣忠明主、建功业、济苍生的宏大抱负，但他交友求仕、献诗求荐、寻找终南捷径，仍一生未能入仕。孟浩然前期主要写政治诗与边塞游侠诗，后期主要写山水诗，诗歌风格的变化也折射了诗人在不同时期内心的起伏，由雄心勃勃的入仕到不得志的隐居。与王维齐名，世称"王孟"。孟诗取材的地域广泛，而蓟门、蓟州也是孟诗中反复提及的重要地标。除所选之诗外，孟浩然的另一首诗《同张将蓟门观灯》更向我们展示了一个奇景异俗的幽州城，可见，幽州城虽地处边关，在上元节也是繁华热闹非凡。幽州也是众多文人志士实现其人生价值、寻找仕途发展和出路的平台。孟浩然曾多年入幕幽州，写下许多歌咏幽州边塞的诗篇。

古塞下曲

——李颀

行人朝走马，直指蓟城傍①。
蓟城通漠北②，万里别吾乡。
海上千烽火③，沙中百战场。
军书发上郡，春色度河阳④。
袅袅汉宫柳，青青胡地桑。
琵琶出塞曲⑤，横笛断君肠。

【导读】

《塞下曲》，乐府题，多写边塞之事。此篇乃仿古之作，故称《古塞下曲》。唐代幽、蓟二州地处唐代东北边塞，是以唐朝都城长安、洛阳为坐标而言。幽州，州治为蓟城，战国时燕国国都，故称“幽燕”。李颀的边塞诗内涵丰富，主要表现为热心关切国力的强弱、朝政的得失，讴歌边塞将士的爱国豪情，感慨边患严重。李颀的边塞诗或受现实生活的触发，或从古诗中获得灵感，多是沿用旧题，采用乐府歌行的形式写成，具有以古讽今的咏史特点。

李颀的边塞诗风格接近于高适，擅长用一种冷静的态度审慎地观察一切。唐朝初年，西北的突厥和稍晚一些时候东北的奚、契丹交替为边患，给幽燕人民带来深重灾难。唐朝政府为巩固边防，采取了正义的反击，李颀在诗中反映出他积极的态度：“蓟城通漠北，万里别吾乡。”

李颀的其他几首边塞诗，也多以幽燕为描写对象。《古意》：“男儿事长征，少小幽燕客。赌胜马蹄下，由来轻七尺。”诗人满怀激情写出幽燕侠少从军报国的经历，并对他英勇无畏的精神予以歌颂，一位栩栩如生的侠客形象浮现眼前，幽燕侠少铁骨铮铮。李颀的边塞诗为读者了解作为唐朝边塞的北京提供了重要的参考材料。

本诗选自《全唐诗》卷一三二。

【注释】

①蓟城：周初分封的蓟国的都城。战国时为燕国都城，所谓“燕都蓟城”，后发展成为唐代的幽州城。蓟城（幽州城）城址在今北京西城广安门一带。

②漠北：蒙古高原沙漠以北的地区，现分属中国、蒙古国、俄罗斯、哈萨克斯坦等。其政治军事和文化中心为和林。

③海：瀚海，这里指沙漠上。

④河阳：古地名，今河南省孟州市。

⑤出塞曲：西汉音乐家李延年所作，多写边塞之事，曲调非常悲切。

李颀

李颀（约公元690年—约751年），字、号不详，东川（今四川三台）人或赵郡（今河北赵县）人，唐代诗人。开元十三年（公元725年），李颀中进士，曾任新乡县尉，后辞官在东川归隐。一说李颀在登进士第以前，漫游过幽、蓟、雁门等北部边塞，但也有学者称李颀不像高适、岑参等有亲赴边塞的经历，他未到过边塞，却时刻关注着边塞。严格说来，李颀的边塞诗，只有《塞下曲》二首、《古塞下曲》《古从军行》和《古意》五首，但首首皆为佳作，具有丰富的思想内容和独特的艺术价值，以豪迈的语调写塞外的景象，揭露封建帝王开边黩武的罪恶，情调悲凉沉郁。

盛唐开元、天宝时期，边塞诗大盛，涌现出一批以此为长的杰出诗人，称“边塞诗派”。当时“歌从军，吟边塞”成为一种社会潮流和审美潮流，诗人不约而同地登上大唐帝国幽燕平台一展歌喉与风采。其中高适、岑参、王昌龄、李颀，简称“高岑王李”，为盛唐边塞诗最主要的代表。李颀擅长七言歌行，诗以边塞题材为主，风格豪放，慷慨悲凉。可以说，李颀诗歌成就最大的边塞诗，便是对幽燕边塞的文学想象熏染催生而出的。

箜篌引[1]

——王昌龄

卢溪郡南夜泊舟[2]，夜闻两岸羌戎讴[3]。
其时月黑猿啾啾，微雨沾衣令人愁。
有一迁客登高楼，不言不寐弹箜篌[4]。
弹作蓟门桑叶秋[5]，风沙飒飒青冢头[6]。
将军铁骢汗血流[7]，深入匈奴战未休。
黄旗一点兵马收[8]，乱杀胡人积如丘。
疮病驱来配边州[9]，仍披漠北羔羊裘[10]。
颜色饥枯掩面羞，眼眶泪滴深两眸。
思还本乡食牦牛[11]，欲语不得指咽喉。
或有强壮能咿嘤[12]，意说被他边将仇。
五世属藩汉主留[13]，碧毛毡帐河曲游[14]。
橐驼五万部落稠[15]，敕赐飞凤金兜鍪[16]。
为君百战如过筹[17]，静扫阴山无鸟投。
家藏铁券特承优[18]，黄金千斤不称求[19]。
九族分离作楚囚[20]，深溪寂寞弦苦幽。
草木悲感声飕飗，仆本东山为国忧[21]。
明光殿前论九畴[22]，麄读兵书尽冥搜[23]。
为君掌上施权谋，洞晓山川无与俦[24]。
紫宸诏发远怀柔[25]，摇笔飞霜如夺钩[26]。
鬼神不得知其由，怜爱苍生比蚍蜉[27]。
朔河屯兵须渐抽，尽遣降来拜御沟[28]。
便令海内休戈矛[29]，何用班超定远侯[30]。
史臣书之得已不？[31]

【导读】

幽燕文化自殷商时期衍生，历经西周和春秋，到战国时期，由于燕昭王励精图治，达到高峰，形成了自己独特的风格。燕太子丹和荆轲刺秦王标志着幽燕文化的发展和成熟，一曲“风萧萧兮易水寒，壮士一去兮不复还”，奠定了幽燕文化的悲凉基调。幽燕文化是由燕地山高天寒、水洌土厚的自然环境决定的，属于“苦寒文化”。幽燕文化也是由战争及北方民族大融合的历史决定的，频繁战争及胡汉融和促使民风强悍、侠风盛行。所以，怀揣着报国梦想的诗人来到幽州蓟门，总是能抒写出慷慨悲壮的边塞诗篇。而蓟门之地，更在唐代的诗人笔下成为苍凉战地的象征。例如王昌龄《送朱越》中“蓟门秋月”表达的是与友人离别的痛苦悲凉。同时，感伤自己的仕途不顺。再如本诗中的“弹作蓟门桑叶秋”。蓟门悲秋情感，仿佛已经成为古代文人的集体意识而被传承，其间也掺杂着边塞诗人的悲苦经历与无可奈何的感伤。

《箜篌引》作于天宝七载（公元748年），有“诗家夫子”之誉的王昌龄自江宁丞贬为龙标尉，乘舟南行，途经卢溪（今湖南），遇到一位谪居的少数民族将领，感而述之。此诗叙述了一个身经百战、屡建奇勋的少数民族将领，由于不能满足上司的贪欲而被诬害的悲惨遭遇。唐朝是民族大融合时期，特别是太宗李世民，推行较开明的民族政策，团结少数民族上层人物，重视对少数民族地区的经营。在此背景下，五代为藩的迁客家族内附唐政府。唐玄宗即位，开边意切，边塞烽火连绵，穷兵黩武已经危及民生，边塞的将士更是苦不堪言。“怜爱苍生休戈矛”，是边塞人民的共同期盼，而幽燕边塞生活也成为王昌龄笔下透视畸形社会万象的一个窗口。

本诗选自《全唐诗》卷一四一。

【注释】

①箜（kōng）篌（hóu）引：乐府旧题，属“相和六引”之一“相和歌·瑟调曲”。引：一种古代诗歌体裁，篇幅较长，音节、格律一般比较自由，形式有五言、七言、杂言。

②卢溪郡：即辰州，天宝元年（公元742年）改为卢溪郡，治所在沅陵（今属湖南）。卢：一作“泸”。按贞观八年（公元634年），分辰州龙标县置巫州。时作者为龙标尉。

③两：一作“南”。羌戎：古时称生活在今四川、甘肃、青海一带的西部少数民族为“西戎”；羌族为古代西部民族之一，故称“羌戎”。

④箜篌：古时西域的一种弦乐，有卧式、竖式两种。

⑤蓟门桑叶秋：古曲名。多抒发边塞苍凉悲切之情。

⑥青冢：即汉王昭君墓。在今内蒙古自治区呼和浩特市南二十里处。相传冢上草色常青，故名。又，也泛指长满青草的坟墓。

⑦将军：疑指安禄山。诗云“蓟门”，又云“乱杀”已“五世属藩”之“胡人”而积尸“如丘”。其所述之事皆与安禄山史迹相合。史称安禄山为邀功取宠，屡次欺诱杀戮已内附之契丹诸酋并攻讨其部落。铁骢（cōng）：骢，青白色的马，骢马披有铁甲曰“铁骢”。

⑧黄旗：天子号令象征，古代天子常用黄旗指挥战斗。

⑨配：一作“役”，流刑。

⑩漠北：古时泛称蒙古高原大沙漠以北地区。

⑪犛（lí）：犁牛，即牦牛。思还：一作“还思”。

⑫咿（yī）嚘（yōu）：口齿含混的声音。此指言语。

⑬汉主：指李唐皇帝。

⑭毡帐：古时游牧民族所居用毡做成的帐篷。河曲：指今青海省东南黄河曲流处。东汉时羌族居此，号“河曲羌”。

⑮橐（tuó）驼：骆驼。部落：聚居的部族。本为原始社会的一种社会

组织，由两个以上血缘相近的胞族或氏族结合而成。

⑯兜（dōu）鍪（móu）：古代作战时所戴的头盔。秦汉以后始名“兜鍪”。原用皮革做成，后或以铁、铜为之。以铜为之，有以飞凤为饰者，谓之“飞凤金兜鍪”。

⑰过筹：比喻作战次数频繁，如筹之终而复始，更迭相续。筹：计数的筹码。

⑱铁券：古时朝廷颁赐功臣，授以世代享受某种特权的铁契。凌扬藻《蠡酌编》卷四“铁券”曰：“其制如瓦，外刻履历恩数之详，以纪其功；中镌免罪减禄之数，以防其过。字嵌以金，各分左右，左颁功臣，右藏内府，有故则合之以取信。”承优：承受优渥之恩。

⑲千：一作“百”。不称求：不能满足其欲求。

⑳九族：一般指以自己为本位的同宗直系亲属，上推至四世高祖，下推及四世玄孙。此处泛指亲族。楚囚：囚徒。

㉑东山：一作“山东”。

㉒明光殿：即汉明光宫。这里借指唐宫殿。九畴：本指古代大禹治水时天子赐给他的九类治理天下的大法，参见《尚书·洪范》。后泛指治国的大道要法。

㉓簏（lù）：圆形的竹箱，可藏书。冥搜：冥思苦想。

㉔无与俦（chóu）：无人可与之相比。

㉕紫宸：唐宫殿名，宣政殿以北。这里指朝廷。怀柔：指用政治的手段进行招抚，使之归服。诏发：一作“发诏”。

㉖飞霜：犹飞白，一种特殊风格的书法。“摇笔”一句：状其草写诏书之神速敏捷及豪迈气势。

㉗蚍蜉：大蚂蚁。

㉘御沟：这里指京城，朝廷。

㉙休戈矛：休战。

㉚班超：东汉人，投笔从戎，出使西域，因功封定远侯。

㉛不：通“否”。

王昌龄

王昌龄（公元698年—约757年）。字少伯，唐京兆长安（今陕西西安）人，唐代诗人。开元十五年（公元727年）进士及第，授秘书省校书郎。开元二十二年（公元734年）迁江宁丞，世称“王江宁”。之后又数次被贬，最终谪迁潭阳郡龙标（今湖南省洪江市）尉。“安史之乱”后还乡，后被刺史闾丘晓杀害。可以说，王昌龄的一生仕途坎坷，命途多舛，也正因如此，他的诗歌造诣极为深厚，名重一时，有“诗家夫子王江宁”之称。擅长七绝，后世称其为“七绝圣手”。今存诗一百七十余首，多为边塞军旅生活题材，其中以幽燕边塞诗为主，其诗描绘了边塞风光，激励士气，气势雄浑，格调高昂，手法细腻。幽燕文化奠定了边塞诗人“慷慨悲歌、尚气任侠”的诗调曲风。《箜篌引》为其代表作之一。而他的送别诗与书信中也多采用蓟门的悲凉意境，可见王昌龄对于幽燕文化的向往和推崇。

望蓟门[①]

——祖咏

燕台一去客心惊[②]，笳鼓喧喧汉将营[③]。
万里寒光生积雪，三边曙色动危旌[④]。
沙场烽火侵胡月[⑤]，海畔云山拥蓟城。
少小虽非投笔吏[⑥]，论功还欲请长缨[⑦]。

【导读】

唐代的东北边防主要是针对契丹等少数民族的。开元二十二年（公元734年），幽州节度使张守珪斩契丹王屈烈及可突干。这首诗的写作时期，大约在这二十年之间，其时祖咏当系游宦范阳。

祖咏身处蓟门，吊古感今，为边地雄壮景色和边烽紧急的状况所惊，激起投笔请缨立功疆场的报国热情。燕台原为战国时燕昭王所筑的黄金台，这里代称燕地，用以泛指平卢、范阳、幽州这一带。该诗起句突兀，暗用典故，说燕国自乐毅等名士离开后，即被秦所灭，故客心暗惊。又汉高祖曾亲率部队讨伐燕王臧荼，因此蓟城燕台一带，曾是笳鼓喧闹的汉将兵营，故曰“汉将营”。唐代东北边塞即为幽、蓟二州所在地。唐代边塞诗是当时社会潮流和审美潮流的产物，诗歌描写多姿多彩的边塞风光和民风民俗以及英勇报国的将士们。这些边塞诗对于今天希望了解唐朝时期北京地区的历史风光和征战人物的读者有很大的借鉴意义。

本诗选自《全唐诗》卷一三一。

【注释】

①蓟门：古蓟城城门，多代指蓟城。蓟城，唐朝时期属于范阳道辖区，乃唐朝东北边防重镇。

②燕台：战国时燕昭王为招贤纳士所修筑的黄金台，在这里用“燕台”指称燕地。一去：一作“一望”。客：诗人的自称。

③笳（jiā）：胡笳，一种类似于笛子的管乐器，原为少数民族乐器，胡曰“胡笳”，这里代指号角。

④三边：古代称幽州、并州、凉州为“三边”。此处泛指当时东北、北方、西北边防地带。危旌：一作“行旌”，这里指高扬的旗帜。

⑤烽火：古代边防军事通信的重要手段。古时在边境建造烽火台，台上放置狼粪或干柴，遇敌情时则燃火或燎烟以报警。

⑥投笔吏：汉代班超幼时家贫，常以为官府抄书谋生，他曾投笔叹曰：“大丈夫当立功异域以取封侯，安能久事笔砚间。”后班超投笔从戎，终以功封定远侯。

⑦论功：论功行封。请长缨：指立志报国，自告奋勇请求杀敌。汉人终军曾向汉武帝请求：“愿受长缨，必羁南越王而致之阙下。”后被南越相所杀，年仅二十余岁。缨：指绳子。

祖咏

祖咏（生卒年不详），字、号均不详，洛阳（今河南洛阳）人，唐代诗人。开元十二年（公元724年）中进士，长期未授官。曾因张说推荐，任过短期的驾部员外郎。后归隐汝水一带终老。因而祖咏的诗多状景咏物，宣扬隐逸生活。其诗讲求对仗，亦是“诗中有画”的风格，他与王维友善，盖“物以类聚，人以群分”。祖咏以《终南望余雪》和《望蓟门》最为著名。蓟门，古蓟城城门，一般指蓟城北门，这是古代幽燕的地标性名称，往往代指蓟城。因为走出蓟城北门，则意寓北走塞上，流寓大漠。《望蓟门》是作者从关注国运民瘼和幽燕边塞安危的角度写下的有关蓟北边塞的优秀诗篇。诗中描写沙场塞色，其中“沙场烽火侵胡月，海畔云山拥蓟城”为描写边塞战事的佳句。东北边塞气候恶劣，风沙凄厉，民风彪悍，但在作者眼里则平添几分豪迈粗犷之美。《望蓟门》作为北京这片土地上孕育出来的优秀边塞诗篇，历来为人称道。

少年行（其二）

——王维

出身仕汉羽林郎[①]，初随骠骑战渔阳[②]。
孰知不向边庭苦[③]，纵死犹闻侠骨香[④]。

【导读】

《少年行》是唐代山水田园诗人王维的七绝组诗，共四首。王维不但能作优美的山水田园诗，而且还能作金戈铁马的边塞游侠诗。这四首诗，分咏长安少年游侠高楼纵饮的豪情，报国从军的壮怀，勇猛杀敌的气概和功成无赏的遭遇。这类边塞诗多是王维早期所写，是其在乐观向上的时代精神召唤下，结合自己对边塞生活的向往与想象创作出来的。诗歌内容主要是赞颂壮丽动荡的幽燕边塞生活，抒发为国立功的豪情以及对边塞英雄的崇拜。

此诗写少年怀着为国牺牲的豪情壮志，从军出征渔阳。诗中“渔阳”，为秦汉时古地名，大致位于今北京密云，属幽州或蓟州统辖。唐代的幽州城，是其东北部最大的边陲重镇，具有风寒水冽、游侠成风的独特地域特色和文化气息，也是唐代文人新颖丰富的文学创作及文化活动场域。王维的边塞诗即是其中之一。诗中的英雄少年，慷慨从军，大义报国，视死如归，可歌可泣。为国奋战的战士“纵死犹闻侠骨香”，今天读之，我们仍能受到感动和鼓舞。《唐诗选脉会通评林》引清人黄家鼎语：“说得侠士壮怀，凛凛有生气。”

本诗选自《全唐诗》卷一二八。

【注释】

①出身：出任。仕汉：在汉朝做官。羽林郎：汉代禁卫军官名，掌宿卫侍从，常以世家大族子弟充任。后来一直沿用到隋唐时期，唐代亦置左右羽林军，为皇家禁军之一。

②骠（piào）骑：指汉代名将骠骑将军霍去病，此处以汉代唐。渔阳：地名，秦汉时渔阳（位于北京密云），是与匈奴经常交战的地方。唐置渔阳县，本属幽州，开元十八年（公元730年）改隶蓟州，天宝元年（公元742年）又改蓟州为渔阳郡，乾元元年（公元758年）复改为蓟州。

③孰：谁。这句诗是说，这些游侠少年谁不知道边庭艰苦？苦：一作“死”。

④纵：纵然。此句典出张华《博陵王宫侠曲二首》其二：“生从命子游，死闻侠骨香。”这句诗是说，少年情愿赴死于边庭，以求流芳百世。

王维

王维（公元701年—761年），字摩诘，号摩诘居士。河东蒲州（今山西运城）人，祖籍山西祁县，唐朝著名诗人、画家。盛唐著名诗评家殷璠称其“词秀调雅，意新理惬，在泉成珠，着壁成绘”。他的创作，天才妙悟，神韵悠然，与李白的豪放飘逸、杜甫的沉郁顿挫交相辉映，因此被称为“人才”，李白被称为“天才”，杜甫被称为“地才”，共同形成了盛唐气象中难以逾越的高峰。王维本以山水田园诗歌见长，但其边塞诗也非常优秀。王维留有三十多首杰出的边塞诗，其边塞诗多取材幽蓟地区，既有对幽州边塞壮美风光的描绘，也有对蓟北戍卒战士英雄气概和思乡之情的细腻刻画。在一千多年后的今天，对唐朝幽蓟边塞感兴趣的读者，依然可以穿越历史的长河，感知彼时彼地的生活面貌和风物习俗。

幽州胡马客歌

——李白

幽州胡马客①，绿眼虎皮冠。
笑拂两只箭，万人不可干②。
弯弓若转月，白雁落云端。
双双掉鞭行③，游猎向楼兰④。
出门不顾后，报国死何难。
天骄五单于⑤，狼戾好凶残⑥。
牛马散北海⑦，割鲜若虎餐⑧。
虽居燕支山⑨，不道朔雪寒⑩。
妇女马上笑，颜如赪玉盘⑪。
翻飞射鸟兽，花月醉雕鞍⑫。
旄头四光芒⑬，争战若蜂攒⑭。
白刃洒赤血，流沙为之丹。
名将古谁是，疲兵良可叹。
何时天狼灭⑮，父子得闲安⑯。

【导读】

《幽州胡马客歌》为李白于天宝十一载（公元752年）秋冬间，初至幽州时作。天宝后期，唐王朝不断在边疆挑起战争，国家兵连祸结，人民深受其害。一方面唐王朝昏聩腐败，武备松弛，重用权奸，堵塞贤路，使国家危如累卵；另一方面，在唐玄宗的纵容下，安禄山在十年间，便由幽州节度使手下的一名小小番将，躐升至身兼平卢、范阳、河东三镇节度使的封疆大吏，成为拥有全国百分之四十武装力量的头号军阀，拥有今天的北京、河北、内蒙古、东北和黑龙江以北、乌苏里江以东的一大片势力范围，随时有可能摧垮李唐王朝。李白在朝廷期间，就目睹唐玄宗对安禄山、李林甫恩宠有加的情况，现在朝廷内外都在流传安禄山将要谋反叛乱的消息，这风声让李白坐卧不安。李白在《留别于十一兄逖裴十三游塞垣》写道：“且探虎穴向沙漠，鸣鞭走马凌黄河。耻作易水别，临岐泪滂沱。”这里的“虎穴”“沙漠”，显然指安禄山潜心经营十多年的老巢——幽燕之地。到幽燕后，李白亲眼看到安禄山疯狂扩展自己的势力，厉兵秣马，叛乱之势已成。见此情形，李白写了很多意味深长的诗作，《幽州胡马客歌》就是其中一首。

《幽州胡马客歌》，《乐府诗集》卷二十五列于“横吹曲辞·梁鼓角横吹曲”。明代文学家胡震亨云：“‘梁鼓角横吹曲’本词言剿儿苦贫，又言男女燕游，太白依题立义，叙边塞逐虏之事。”诗中刻画了当时“幽州胡马客”，勇猛精干，武艺高强，富有爱国精神，为守边与敌人勇敢作战而洒血黄沙的形象。有评述称“诗中生动刻画了边地民族的骁勇善战和风俗生活”。篇末写出守边士卒渴望边将能像古代名将一样，早日扫平边患，实现父子团聚、安居乐业的美好愿望。

本诗选自《全唐诗》卷一六三。

【注释】

①幽州：地名。唐代的幽州，辖境相当于今北京市及其周边地区，治所在今北京西城广安门一带的幽州城。胡马客：指骑马的胡人刀客。

②不可干：不可冒犯。干：冒犯。

③掉鞭：摇鞭。

④楼兰：西域古国名。故址在今新疆尉犁县罗布泊西北，孔雀河北

岸。一说在今新疆若羌县。此泛指西北边疆地区。

⑤天骄：《汉书·匈奴传》："胡者，天之骄子也。"后多泛指北方少数民族。五单于：汉时匈奴称其君长为"单于"。汉宣帝时，匈奴曾分立为五单于，即呼韩邪单于、屠耆单于、呼揭单于、车犁单于、乌籍（一说乌藉）单于。

⑥狼戾：像狼一样贪狠凶暴。

⑦北海：指贝加尔湖，在今俄罗斯境内。汉时为匈奴所在地。

⑧割鲜：谓割生肉而食。

⑨燕支山：即焉支山、胭脂山。山上盛产胭脂。其地在今甘肃永昌、山丹二县之间。

⑩不道：不知道，不觉得。

⑪赪（chēng）：红色。赪玉盘：此指匈奴父女脸色似红色的玉盘。

⑫花月：指女子容颜。

⑬旄头：星名。即昴星，二十八宿之一。古人以为胡星，主战事。

⑭蜂攒：如同蜂聚一般。

⑮天狼：星名。古人以其星主侵掠。《史记·天官书》："其东有大星曰狼，狼角变色，多盗贼。"《正义》："狼一星，参东南。狼为野将，主侵掠。"天狼在此喻指胡兵。

⑯闲安：一作"安闲"。

李白

李白（公元701年—762年），字太白，号青莲居士，陇西成纪（今甘肃省天水市秦安县）人，唐代浪漫主义诗人。他怀才不遇，壮志难酬。五十二岁，李白抱着进入边疆幕府以军功再次起家的目的，受安禄山幕府判官何昌浩之邀，于天宝十一载（公元752年）十月抵达范阳郡幽州城，又因与幕府组织不合，便悻悻回到古梁宋之地。李白的范阳幽州之行酝酿于天宝十载（公元751年）秋季，这年秋末，第一站到达开封，中间复行复止，至次年（天宝十一载，即公元752年）十月到达幽州，于隆冬大雪时离去，前后一年有余。在幽州期间，他写下多首诗歌，按时间排序，主要有《行行且游猎篇》《幽州胡马客歌》《出自蓟北门行》《北风行》等。除诗作外，李白于天宝十一载（公元752年）经蓟门时，正值独乐寺观音阁建成，曾题额“观音之阁”。他还在多首诗中引用“燕昭王”“郭隗”和“黄金台”（故址在今北京西城白云观西）的典故，表现了其对发生在北京这片土地上“明君贤臣”故事的无限向往。

出自蓟北门行[1]

——李白

虏阵横北荒，胡星耀精芒[2]。
羽书速惊电，烽火昼连光[3]。
虎竹救边急，戎车森已行[4]。
明主不安席[5]，按剑心飞扬。
推毂出猛将[6]，连旗登战场。
兵威冲绝幕[7]，杀气凌穹苍。
列卒赤山下[8]，开营紫塞傍[9]。
孟冬风沙紧，旌旗飒凋伤[10]。
画角悲海月，征衣卷天霜[11]。
挥刃斩楼兰[12]，弯弓射贤王[13]。
单于一平荡[14]，种落自奔亡[15]。
收功报天子，行歌归咸阳。

【导读】

此诗为李白于天宝十一载（公元752年）北游幽州时所作。此篇写塞垣征战之事，泛言燕蓟风物及征战辛苦，兼抒立功报国之情。唐玄宗好大喜功，拓边不已，边境战争相当频繁，按杜甫的话说："边庭流血成海水，武皇开边意未已。"在此期间，边塞诗的创作达到高峰。由于幽州城独特的地理位置和奇异的边塞风情，包括陈子昂、王维、孟浩然、高适、岑参、李颀、祖咏、李白、杜甫等在内的一流文人基本都参与了对幽州城的文学想象和文化憧憬。李白在幽州、蓟县、范阳、易州一带体验了一种全新的边塞生活，他实地考察大唐帝国的边备，写下了大量边塞诗篇。

《出自蓟北门行》是乐府旧题，朱乾《乐府正义》曰："古称燕赵多佳人。"《出自蓟北门》本于曹植《艳歌行》，鲍照用它来写征战从军之事。李白继承了鲍照利用此题写从军征战之事的传统，在用意、语言、用韵、章法和结构上完全取法于鲍照，吸收鲍照雄壮的声势，描写沙场征战的悲壮场景，赞扬幽蓟将士们忠勇报国的精神。此诗借古题写当时边塞幽州之事，具有鲜明的时代精神。李白以胡虏之事为题，以小说般的叙事结构，勾绘了一幅生动的画卷：胡人桀骜，横侵塞北，北征之将帅平荡单于，擒其君长，使其种落奔散，凯旋于咸阳，使朝廷永无北顾之虞。他从漫天飞舞的沙石、边地的寒风、悲鸣的画角、幽怨的箫声、冻僵的旌旗、冰冷的铠甲等方面渲染和描绘幽州肃杀的边疆图景，表现蓟北将士不畏艰苦、奋勇杀敌的精神，表达了自己建功边塞、立业幽燕的理想和决心。

本诗选自《全唐诗》卷一六四。

【注释】

①出自蓟北门行：乐府"都邑曲"的调名，内容一般为行军征战之事。

②虏阵：这里指敌阵。胡星：指旄头星。古时候，人们认为旄头星是胡星，是战事的标志，当旄头星特别亮时，便可能发生战争。精芒：星星的光芒。这两句的意思是，胡虏横行于北方边境，胡星闪耀着明亮的光芒。

③羽书：和"羽檄"相同，指战时告急的文书。这两句是说，告急的文书快得犹如闪电一般，报警的烽火不分昼夜地燃烧着。

④虎竹：古时候派发给将帅的兵符。这两句是说，边疆救边的将领接受命令即将出征，战车森严地列队前进。

⑤明主：英明的君主。不安席：无法入眠，这里形容极度焦急。

⑥毂（gǔ）：车轮。推毂：据传这是古代出征的一种仪式，将领受命出征时，君王一般会为其推车，授给大将指挥作战权。

⑦幕：通“漠”。绝幕：意指非常远的沙漠地区。

⑧列卒：列阵。赤山：山的名字，在今辽宁西部。

⑨开营：指扎营。紫塞：长城城土呈紫色，因而得名“紫塞”。

⑩孟冬：初冬时节。飒：指风声飒飒。这两句是说，初冬，北方边塞风沙猛烈，万物凋零，唯有旌旗飘扬。

⑪画角：古代乐器。本细末大，一般用竹木或皮革制作而成，外表彩绘，军中用画角报告昏晓。卷：凝聚。天霜：古人认为霜从天上落下，故名。这两句是说，在边塞的月光下悲壮的画角声响起，战士的军衣上凝聚了一层层的寒霜。

⑫楼兰：西域古国名，是我国西部的一个古代小国，国都楼兰城（遗址在今新疆罗布泊西北岸，一说在今新疆若羌县）。

⑬贤王：匈奴王廷中仅次于单于的人物。

⑭单于：匈奴人对其部落联盟首领的专称。平荡：荡平的意思。

⑮种落：种族，部落。这里指匈奴部落。

北风行[1]

——李白

烛龙栖寒门[2]，光曜犹旦开。
日月照之何不及此[3]？惟有北风号怒天上来。
燕山雪花大如席[4]，片片吹落轩辕台。
幽州思妇十二月，停歌罢笑双蛾摧[5]。
倚门望行人，念君长城苦寒良可哀[6]。
别时提剑救边去，遗此虎文金鞞靫[7]。
中有一双白羽箭，蜘蛛结网生尘埃。
箭空在，人今战死不复回。
不忍见此物，焚之已成灰[8]。
黄河捧土尚可塞[9]，北风雨雪恨难裁[10]。

【导读】

《北风行》，乐府“时景曲”调名，内容多写北风雨雪、行人不归的伤感之情。此诗为李白在天宝十一载（公元752年）冬作于幽州，诗作借古题揭露安禄山肆意进行扩边战争对人民所造成的灾难。此诗也是李白幽州之行的最后一篇作品。

在此之前李白幽州之行的作品中，一直把无端遭受安禄山攻击的北方少数民族，视为“主侵掠”的“天狼”、骄横列阵于幽州北郭的“胡”“虏”、“狼戾凶残”的野兽，以肯定北部对外战争的正义性质，意欲把投身这场战争的少年，描绘成正义在胸、斗志昂扬、英姿飒爽的勇士。而在此诗中，李白断然停止了对北方少数民族的谩骂，他笔下猛气英风的游侠少年、斗志昂扬的边城勇士形象，突然变成了一具横卧于长城脚下为冰雪凝冻的尸体——一个战死不归、游荡于北风肆虐中的受骗者的幽灵。

诗中，“日月照之何不及此”之“此”即指幽州，句意为：本来为日月所照的幽州，为什么现在却不见阳光，只能听见漫天北风在怒吼？喻指时为安禄山统治的幽燕等地，一片黑暗。“燕山雪花大如席，片片吹落轩辕台”，历来被人们称为诗歌中的夸张典范、比喻佳句。这两句运用夸张的语气极写燕山大雪纷飞、气候严寒的景象。诗作凭借怪诞离奇的神话、惊心动魄的夸张，渲染了蓟北的自然特征，既塑造出北风吞噬一切的巨大、可怕的自然形象，又在这形象中熔铸进李白的某种暗示，使北风和由它所带来的大雪、黑暗一起，被称为当时幽州政治形势的象征。轩辕台，位于平谷东北的渔子山上，世传为轩辕黄帝陵，后称轩辕台。

本诗选自《全唐诗》卷一六二。

【注释】

①北风行：乐府“时景曲”调名，内容主要描写北风雨雪凄凉和行人不得归的伤感之情。

②烛龙：古代神话传说中龙的形象。这种龙，人面龙身无足，居住在极北方的寒门，不见太阳，传说其睁眼为昼，闭眼为夜。

③此：幽州，今北京一带。暗指当时安禄山统治北方，社会一片黑暗。

④燕山：北京北部著名山脉之一，在华北平原北端。

⑤双蛾：指女子的双眉。双蛾摧：指双眉紧锁的样子，形容悲伤、愁闷。

⑥长城：这里泛指北方前线。良：实在。

⑦鞞（bǐng）靫（chá）：虎文鞞靫，意指绘有虎纹图案的箭袋。

⑧焚之已成灰：出自古乐府《有所思》：“摧烧之，当风扬其灰。”

⑨黄河捧土尚可塞：《后汉书·朱冯虞郑周列传》：“此犹河滨之人，捧土以塞孟津，多见其不知量也。”此处反其意而用之。

⑩北风雨雪：化用《诗经·国风·邶风·北风》中的“北风其凉，雨雪其雱”，原句意思是国家危机将至，气象愁惨，此处借以衬托思妇悲惨的遭遇和凄凉的心情。裁：消除。

燕歌行[①]（并序）

——高适

开元二十六年，客有从御史大夫张公出塞而还者[②]，作《燕歌行》以示适。感征戍之事，因而和焉。

汉家烟尘在东北[③]，汉将辞家破残贼。
男儿本自重横行，天子非常赐颜色[④]。
摐金伐鼓下榆关[⑤]，旌旆逶迤碣石间。
校尉羽书飞瀚海，单于猎火照狼山[⑥]。
山川萧条极边土，胡骑凭陵杂风雨[⑦]。
战士军前半死生，美人帐下犹歌舞。
大漠穷秋塞草腓[⑧]，孤城落日斗兵稀。
身当恩遇常轻敌，力尽关山未解围。
铁衣远戍辛勤久[⑨]，玉箸应啼别离后[⑩]。
少妇城南欲断肠，征人蓟北空回首[⑪]。
边庭飘飖那可度[⑫]，绝域苍茫更何有[⑬]。
杀气三时作阵云[⑭]，寒声一夜传刁斗。
相看白刃血纷纷，死节从来岂顾勋。
君不见沙场征战苦，至今犹忆李将军[⑮]。

【导读】

此诗为高适有感于幽州节度使张守珪败于奚族却谎报军情而作，借以讽刺边将邀功戍卒苦痛。自唐开元十八年（公元730年），契丹多次侵犯唐边境。此间高适正在燕赵游历。开元二十年（公元732年），信安王李祎征讨契丹、奚族，他去了幽燕，希望为信安王幕府效力，未能如愿。开元二十一年（公元733年），幽州节度使张守珪开始经营蓟北边陲战事，并在开始时取得了一定的功绩。高适欲投奔张守珪，终没实现。开元二十四年（公元736年），张守珪令平卢讨击使安禄山讨伐契丹、奚族，“禄山恃勇轻进，为虏所败”（《资治通鉴》卷二一四）。开元二十六年（公元738年），幽州将领赵堪、白真陀罗假托张守珪命令，胁迫平卢军使乌知义出击奚族，先胜后败。“守珪隐其状，而妄奏克获之功”（《旧唐书·张守珪传》）。张守珪这两次战败让高适感触颇深，于是写下了这首诗。

《燕歌行》为高适的代表作，全诗大体可以分为四段。首段八句写出师。前四句说战尘起于东北，将军奉命征讨，天子特赐恩赏，已见得宠而骄，为后文轻敌失败埋下伏笔；后四句接写出征阵容，旌旗如云，鼓角齐鸣，浩浩荡荡，开赴战地，为失利时狼狈情景作反衬。第二段八句写战斗经过。其中前四句写战初敌人来势凶猛，唐军伤亡惨重；后四句说至晚已兵少力竭，不得解围。第三段八句写征人思妇两地相望，相会无期。“少妇城南欲断肠，征人蓟北空回首”成为千古名句。末段四句，前两句写战士在生还无望的处境下，已决心以身殉国；末两句诗人对战士的悲惨命运深寄同情。全诗笔力苍健、气氛悲壮、主旨深刻，在所有唐代边塞诗中也是难得一见的佳品。

本诗选自《全唐诗》卷二一三。

【注释】

①燕歌行：汉乐府旧题。

②张公：指张守珪，开元二十三年（公元735年）因与契丹作战有功，拜辅国大将军兼御史大夫。

③汉家：此处用汉家借指唐朝。烟尘：指战场上的硝烟和沙尘。

④非常赐颜色：指破格允以奖励。

⑤摐（chuāng）金伐鼓：鸣金击鼓。榆关：指山海关。

⑥猎火：狩猎的时候所举的火把。狼山：阴山山脉西段，在今内蒙古自治区中部，此处泛指战场。

⑦凭陵：欺凌。

⑧穷秋：深秋。草腓：枯草。

⑨铁衣：指身着铁衣铠甲的战士。

⑩玉箸：本指玉筷。此处借指思妇由于思念征夫而流下眼泪。梁简文帝《楚妃叹》："金簪下垂，玉箸衣前滴。"

⑪蓟北：蓟州、幽州一带北方地区。

⑫边庭飘飖：形容边疆地区形势险恶。

⑬绝域：更加遥远的边疆地区。

⑭三时：指早晨、中午、晚上。

⑮李将军：指汉朝名将飞将军李广。

高适

高适（约公元704年—765年），字达夫、仲武，渤海郡（今河北景县）人，后迁居宋州宋城（今河南商丘睢阳），唐代著名边塞诗人。曾任散骑常侍、渤海县侯，世称"高常侍"。他颇具游侠之风，早年曾游历长安、卢龙、幽州一带，寻求晋升之道。唐开元十八年（公元730年），契丹多次侵犯唐北部边境，他先后欲投信安王李祎、幽州节度使张守珪幕府，终未如愿。但在幽蓟游历期间，写下了《蓟门不遇王之涣郭密之因以留别》《塞上》、《蓟门行》五首、《燕歌行》等传诵后世的边塞名篇。天宝九年（公元750年），高适以封丘县尉的身份送兵到范阳节度使安禄山辖区的青夷军营，第二次来到蓟北。可以说，他早年在北京这块土地的游历和军旅生活对其诗作产生了深远的影响。高适"喜言王霸大略"，胸中始终充满着报效国家的热情。其诗作笔力苍健、深雄浑厚、气势奔放，洋溢着奋发进取、为国建功的豪情，现存二百多首。其边塞诗与岑参齐名，史称"高岑"，有《高常侍集》等传世。

自蓟北归

——高适

驱马蓟门北[①]，北风边马哀。
苍茫远山口[②]，豁达胡天开[③]。
五将已深入[④]，前军止半回[⑤]。
谁怜不得意，长剑独归来[⑥]。

【导读】

开元二十一年（公元733年），幽州节度使张守珪大败于契丹和奚族。这年冬天，高适有感于庸将误国，而自己怀才不遇，报国无门，遂写下此诗。高适一生基本都处于唐朝的全盛时期，社会经济发展、思想开放、文化繁荣，这种奋发向上的社会风貌为人们建功立业提供了广阔的舞台，唤起了高适的进取之心和爱国情怀。他在幽燕地区游历期间，不仅仅为了自身求取功名，更为了贡献自己的满腹才学和安边之策，然而却处处碰壁，只能在诗中凸显自己的一腔抱负。全诗苍劲悲凉、言辞凄厉，将自己壮志未酬的悲愤之情抒发得淋漓尽致。

首二句“驱马蓟门北，北风边马哀”起句颇奇，在律诗中运用顶针重叠的手法，两个“北”字前后勾连重复，营造出浓烈的寒意和“哀”气。既有以客观写主观的“边马”之哀，更有“驱马”人内心的“哀”，一笔两到，领起全篇。结句“谁怜不得意，长剑独归来”，写出诗人怅然失意，弹着长剑独自归来的情景，读来让人唏嘘不已。全诗极富塞外特色，真实感人，不论是对蓟北景色的观察，还是对历史事件的记述都深深打上塞外生活的烙印。全诗言辞悲壮、苍凉，将诗人自身哀伤的感情渲染得无以复加。此诗作于他从蓟北南归的途中，既是对“蓟门北”代表的北京这片土地的描摹和感慨，也是对自己壮志未酬的忧思和惆怅。

本诗选自《全唐诗》卷二一四。

【注释】

①驱：驰。蓟门：蓟城城门。蓟城，即唐代幽州城。

②苍茫：宽广深远。

③豁达：开阔。

④五将已深入：汉宣帝时，曾派田广明等五位将军和十万余众，北击匈奴。

⑤止半回：只有一半的士兵能够活着回来。

⑥长剑独归来：《战国策·齐策》记载，冯谖曾经是孟尝君的门客，因为未受重用而多次倚柱弹剑。诗人用此典来表达自己不得志的郁闷与愤慨。

别冯判官

——高适

碣石辽西地[1]，渔阳蓟北天[2]。
关山唯一道[3]，雨雪尽三边。
才子方为客[4]，将军正渴贤。
遥知幕府下，书记日翩翩[5]。

【导读】

此诗是高适在宋州送友人往幽蓟边陲赴任的边塞之作。诗中描写了边塞的艰险和恶劣，更多地表现了其对边塞的向往和对冯判官得以赴边的无比羡慕之情，表达了作者报国立功、慷慨激昂的爱国主义献身精神。诗中的“渔阳”“蓟北”指唐幽州、蓟州一带（今北京及河北北部），属唐代东北部边陲，战事频发。高适曾两次勒马幽燕，对边塞生活的感同身受使高适对东北部边陲形成了深刻的认识，并渴求在此驰骋疆场，建功立业。可以说，早年在幽燕地区的经历开阔了高适的胸襟，对其以后边塞诗的创作产生了深远影响。唐开元年间，契丹、奚族屡次进犯唐东北部边境，唐军数次败于契丹。高适欲投幕信安王李祎和幽州节度使张守珪，均未实现，也因此失去了施展抱负、建功立业的大好时机。这首诗更表现了高适“万里不惜死，一朝得成功”的政治抱负。

本诗选自《全唐诗》卷二一四。

【注释】

①碣石：山名，在河北省昌黎县北。

②渔阳：地名，今北京市密云区西南。蓟北：泛指唐幽州、蓟州一带。今北京及河北北部一带。

③关山：关隘山川。唯一道：唯一的一条道路。指通往塞上的关隘山道只有一条，暗指幽燕山险路狭。

④才子：指冯氏。

⑤书记：书牍、奏记之类的文字，此处指掌管书记的官员。翩翩：文采斐然的样子。

闻官军收河南河北[①]

——杜甫

剑外忽传收蓟北[②]，初闻涕泪满衣裳[③]。
却看妻子愁何在[④]？漫卷诗书喜欲狂[⑤]！
白日放歌须纵酒[⑥]，青春作伴好还乡[⑦]。
即从巴峡穿巫峡[⑧]，便下襄阳向洛阳[⑨]。

【导读】

诗题一作《闻官军收两河》。宝应元年（公元762年）冬十月，唐军屡破史朝义兵，收复东京洛阳及河阳，伪邺郡节度使、伪恒阳节度使降，河北州郡悉平。广德元年（公元763年）正月，史朝义败走广阳自缢，其将田承嗣以莫州降，李怀仙以幽州降，并割史朝义首级来献。至此，河南、河北诸州郡及“安史”老巢幽州均为唐军收复，延续八年之久的“安史之乱”宣告平定。是年春，流寓梓州（今四川三台）的杜甫，闻知这个大快人心的消息，欣喜若狂，遂走笔写下这一生第一首“快诗”（欢快之诗）。

诗中“蓟北”，泛指唐代幽州、蓟州一带，今北京及河北北部，是安史叛军的根据地和老巢。杜甫在这首诗下自注：“余田园在东京。”杜甫家乡在今河南郑州巩义，八年“安史之乱”，离乱中思乡思定之苦，在诗中表达得淋漓尽致。诗的主题是抒写诗人忽闻叛乱已平的捷报，急于奔回老家的喜悦。“剑外忽传收蓟北”，起势迅猛，恰切地表现了捷报的突然。诗人多年漂泊“剑外”，备尝艰苦，想回故乡而不可得，就是由于“蓟北”未收，“安史之乱”未平。如今“忽传收蓟北”，惊喜的洪流，一下子冲开郁积已久的情感闸门，令诗人心中涛翻浪涌。“初闻涕泪满衣裳”，这是喜极而悲、悲喜交集的真实表现。“蓟北”已收，战乱将息，乾坤疮痍、黎民疾苦，都将得到疗救，诗人颠沛流离、感时恨别的苦日子，总算熬了过去。明末清初著名学者仇兆鳌在《杜少陵集详注》中引王嗣奭的话说：“此诗句句有喜跃意，一气流注，而曲折尽情，绝无妆点，愈朴愈真，他人决不能道。”后代诗论家都极为推崇此诗，赞其为杜甫“生平第一首快诗也”。正是蓟北地区失地的收复，震荡了诗人心中的情感洪流，涵养了杜甫这首流传千古的著名诗篇。

本诗选自《全唐诗》卷二二七。

【注释】

①闻：这里指听说。官军：唐朝的政府军队。

②剑外：剑门关以外，即剑南地区。蓟北：指蓟城一带的北部地区。幽蓟地区，是安史之乱的大本营。今北京及河北北部一带。

③初闻：乍听到。杜甫《喜达行在所三首》其二：“喜心翻倒极，呜咽泪沾巾。”

④却看：指回头看。妻子：这里指妻子和孩子。愁何在：哪还有一点儿的忧愁?

⑤漫卷（juǎn）：胡乱地卷起（书籍和行李），表达了诗人喜悦的心情。

⑥放歌：放声高歌。纵酒：开怀豪饮。

⑦青春：大好时光，杜甫作此诗时，正是春天。春和景明，伴人归乡，颇不寂寞。“白日”二句中，“青春”对“白日”，出自《楚辞·大招》：“青春受谢，白日昭只。”杜甫钟爱此对，如《乐游园歌》：“青春波浪芙蓉园，白日雷霆夹城仗。”《题省中院壁》：“落花游丝白日

静，鸣鸠乳燕青春深。”《次空灵岸》：“青春犹有私，白日亦偏照。”

⑧巴峡：指嘉陵江流经阆中至巴县（今重庆市）一段。巫峡：长江三峡之一，西起今重庆巫山县大宁河口，东至湖北巴东县官渡口。

⑨襄阳：在今湖北襄阳，为杜甫祖籍。洛阳：今属河南，为杜甫故乡。诗末原注：“余田园在东京。”东京，即洛阳。“即从”二句使用的是当句对兼流水对的特殊对偶形式。连用四个地名，累累如贯珠；其他用字亦极准确生动。

杜甫

杜甫（公元712年—770年），字子美，自号少陵野老。祖籍襄阳，河南巩县（今河南巩义）人。唐代伟大的现实主义诗人，与李白合称“李杜”。天宝十五载（公元756年）至乾元二年（公元759年），是以北京为势力中心的安史为祸最烈的时期，也是杜甫生活最痛苦的颠沛流离时期。天宝十四载（公元755年），“安史之乱”爆发后，杜甫携全家冻馁逃亡。乾元三年（公元760年）至大历五年（公元770年），是杜甫漂泊西南的时期。宝应元年（公元762年），成都少尹兼侍御史徐知道叛乱，杜甫避乱梓州、阆州等地。杜甫后居成都西南浣花溪，在亲友的帮助下营建了草堂。尽管生活相对安定一些，但他仍萦怀国事，心系苍生：“不眠忧战伐，无力正乾坤。”（《宿江边阁》）此时他的忧国忧民的思想深邃，诗风苍老沉郁。杜甫用七律表现社会政治内容方面有很大收获，格律精美，技巧纯熟。代表作有《秋兴》八首、《蜀相》《诸将》《登高》《闻官军收河南河北》等。杜诗素有“诗史”之称，他的作品忠实地记录了安史之乱中包括北京地区在内的唐朝现实社会情况，对于后世了解北京地区的相关史料具有重要的参考价值。

后出塞（其一）

——杜甫

男儿生世间，及壮当封侯[1]。
战伐有功业[2]，焉能守旧丘[3]。
召募赴蓟门[4]，军动不可留[5]。
千金买马鞭，百金装刀头[6]。
闾里送我行[7]，亲戚拥道周[8]。
斑白居上列[9]，酒酣进庶羞[10]。
少年别有赠，含笑看吴钩[11]。

【导读】

杜甫组诗《后出塞》五首是流传千古的名作，写于天宝十四载（公元755年），安禄山反唐之初。杜甫一生虽行迹天下，却未见履迹塞外的记载，安史之乱前，除了曾有短暂的吴越、梁宋、齐鲁之游外，主要的活动空间大约在故乡偃师与长安、洛阳之间。当时文人如高适、岑参，皆入幕府，杜甫也产生了“防身一长剑，将欲依崆峒”的幻想。唐玄宗好大喜功，开边不已，边将荣宠异常，安禄山以一身而兼三节度使。内有杨国忠挟玄宗以自重，外有安禄山图边功以邀宠，大祸瞬间即发。天宝十一载（公元752年），四十一岁的杜甫作《前出塞》九首。三年后的天宝十四载（公元755年），杜甫写下《后出塞》五首。而安禄山于是年十一月九日反于范阳。此诗当作于安禄山将反未反之时，假从军者之言，写边疆邀功，或微语直谏，或语重心长，忧国惧乱之思溢于言表。

这组诗以一位从军赴蓟门的戍卒口吻，说他从应募赴军到只身脱逃的经历，通过一个青年应征出塞的遭遇，深刻地反映了安史酿乱期的历史真实。青年出塞的地点即为蓟门，时属范阳节度使安禄山管辖。全诗艺术地再现了一个特定时代和特定地域的历史生活。投身边塞，建功立业，是盛唐边塞诗人的永恒梦想，由此催生出中国诗歌史上的边塞诗派。而杜甫诗歌则例外，《后出塞》五首，以深刻冷峻的笔调，刻画了一个热血青年从主动应募到逃离边塞的故事，揭示了盛唐人边塞之梦从高涨、跌落到幻灭的悲剧历程。这组诗是研究唐朝北京地区沙场征战的史诗性作品。本诗是这组史诗的第一首。

本诗选自《全唐诗》卷二一八。

【注释】

①及壮：到了壮年。封侯：《后汉书·班超传》载，班超少有大志，尝谓大丈夫当“立功异域，以取封侯，安能久事笔砚间乎”，于是投笔从戎。“男儿”二句即袭其意。

②战伐：即征战。

③焉能：岂能，哪里能。旧丘：故乡，故园。

④召募：唐代从开元十年（公元722年）起实行募兵制。蓟门：古蓟城城门，代指安禄山的老巢幽州，今北京。

⑤军动：军队开拔。

⑥“千金”二句：极言装饰之盛。《木兰诗》有“东市买骏马，西市买鞍鞯”句。

⑦闾里：邻居。“闾里”以下六句，写送行的盛大热闹场面。

⑧道周：路边。

⑨斑白：头发花白，泛指老人。居上列：坐在上位。

⑩庶羞：多种美味佳肴。品多为“庶”，肴美为“羞”。

⑪“少年”二句：突显少年英锐，故以吴钩相赠。妙在“含笑看”三字，写得从军者壮怀激烈，须眉欲动。吴钩：春秋时吴王阖闾所作之刀，后通用为宝刀名。

送崔校书从军

——钱起

雁门太守能爱贤[1]，麟阁书生亦投笔[2]。
宁唯玉剑报知己，更有龙韬佐师律。
别马连嘶出御沟，家人几夜望刀头。
燕南春草伤心色，蓟北黄云满眼愁[3]。
闻道轻生能击虏，何嗟少壮不封侯。

【导读】

天宝十载（公元751年）二月，以安禄山兼河东节度使。四月，剑南节度使鲜于仲通击南诏，大败。十一月，杨国忠领剑南节度使，钱起在秘书省校书。《送崔校书从军》当作于此时。崔校书为钱起秘书省之同僚。崔校书不屑于牍籍笔砚，远赴燕、代以觅军功。崔校书投笔从戎所赴之地乃“燕南”“蓟北”等地，正是四年后“安史之乱”的核心地带。南宋严羽《沧浪诗话·诗评》：“唐人好诗人，多是征戍、迁谪、行旅、离别之作，往往能感到激动人意。”此诗是。

诗中“燕南春草伤心色，蓟北黄云满眼愁”，通过燕南春草、蓟北黄云等边塞景象着力营造出一种空旷凄楚的气氛。生活在中唐前期的钱起，特别是面对“安史之乱”后凄凉的社会现实，感受到的是理想幻灭带来的哀伤、迷茫。因此他的诸多边塞诗创造出来的意境更显示出清旷凄楚的特色。他的《送张管书记》《送王相公赴范阳》等边塞诗也把读者的思绪拉到边塞天涯，即今北京一带。在这样一种境界中，诗人对时代风雨的心灵咀嚼，也恰当地表露出来，使读者从中感触到那清旷凄楚境界里作者的忧伤孤寂、愁郁无奈，感受到彼时北京城的战事祸乱。

本诗选自《全唐诗》卷二三六。

【注释】

①雁门：郡名，现在山西大同东北一带。

②麟阁书生：麟阁指麒麟阁，汉代阁名，为汉初萧何所造，宣帝时，曾将霍光等功臣画像置阁内。麟阁书生，泛指学问很大的书生学子。

③蓟北：此指蓟城以北。蓟，地名，周武王封黄帝之后（一说帝尧之后）于此。因城西北有蓟丘而得名，城址在今北京西城广安门一带。

钱起

钱起（生卒年不详），字仲文，吴兴（今浙江省湖州市）人，唐代诗人，“大历十才子”之一（“大历十才子”是唐代宗大历时期十位诗人所代表的一个著名诗歌流派）。天宝十载（公元751年）登进士，是书法家怀素和尚的叔叔。钱起的边塞诗是中唐边塞诗歌中的优秀代表。中唐大历诗人经历唐王朝全盛时代的结束，所写作的边塞诗，不再是盛唐边塞诗人笔下对边地奇异风光和多彩风情以及建功立业激情满怀的浪漫描摹，他们对边地自然景象的描写多为写实倾向，且往往带着浓烈的感伤色彩。钱起的《送张管书记》《送王使君赴太原行营》《卢龙塞行送韦掌记》等，每一首都有对唐朝幽燕边塞自然景象的描写，多为实在的写景，且有一种或浓或淡的悲剧气氛弥漫其间。钱起身处乱世，历经战乱流离奔波之苦，虽不曾亲历边塞，但其内心的忧伤悲哀，随着战乱不自觉地流露在边塞诗创作之中，是对当时幽燕战事的真实写照，对于今天的读者了解唐时北京一带的人、景、情具有极大的参考价值。

疲兵篇

——刘长卿

骄虏乘秋下蓟门①，阴山日夕烟尘昏②。
三军疲马力已尽，百战残兵功未论。
阵云泱漭屯塞北③，羽书纷纷来不息④。
孤城望处增断肠，折剑看时可沾臆⑤。
元戎日夕且歌舞⑥，不念关山久辛苦⑦。
自矜倚剑气凌云⑧，却笑闻笳泪如雨⑨。
万里飘飖空此身，十年征战老胡尘⑩。
赤心报国无片赏，白首还家有几人。
朔风萧萧动枯草，旌旗猎猎榆关道⑪。
汉月何曾照客心，胡笳只解催人老⑫。
军前仍欲破重围，闺里犹应愁未归。
小妇十年啼夜织，行人九月忆寒衣。
饮马滹河晚更清⑬，行吹羌笛远归营。
只恨汉家多苦战，徒遗金镞满长城⑭。

【导读】

“安史之乱”发生于中国唐代玄宗末年至代宗初年间（公元755年12月16日—763年2月17日），是唐朝边将安禄山、史思明与唐朝争夺统治权的一场内战，也成为唐由盛而衰的重要转折点。自此，唐代出现藩镇割据的局面。这次战争起于幽蓟，而平叛战争中的拉锯战则集中在燕赵区域（今河北省），由于燕赵区域是北方世家大族的聚集区和文化发达区，“安史之乱”造成大量北民南逃，因此燕赵之地也成了北民南漂的主要地区，大量文学世家移居到南方地区，所以才留下河北诗人崔峒的“缘溪花木偏宜远，避地衣冠尽向南。惟有夜猿啼海树，思乡望北意难堪”的诗句，以一个“安史之乱”中南迁北人之口，为大规模的人口逃难和迁徙留下了一张真实而生动的剪影。

刘长卿作此诗在“安史之乱”后，乱虽已平定，但周边少数民族的进犯却屡禁不止，此时的国家遭遇重大叛乱，已不复往日的强盛，诗歌也不再有盛唐诗歌所特有的风骨和气度，人民生活图景更是每况愈下，特别是安史叛军盘踞多年的幽燕之地，更是满目疮痍，一片凋敝。“骄虏乘秋下蓟门”，一直戍守幽蓟边塞的将士早已身疲心倦；“百战残兵功未论”，自己的一片赤子忠心也无人赏识，心中牵挂的妻儿老小还在苦苦等待自己归去，然而军队主帅却过着歌舞升平的日子。所有的这些都使诗人悲慨万分，只得以诗来倾诉满腹忧虑，这其间有对多年苦战分离的控诉和厌倦，更有对战后幽、蓟一带民生凋残，安史旧将割据以及少数民族侵犯现实的深刻反思。

本诗选自《全唐诗》卷一五一。

【注释】

①虏：指敌人。

②阴山：阴山山脉地区，位于内蒙古。日夕：指黄昏之时。烟尘昏：报警的狼烟和马蹄荡起的尘土使得本已接近傍晚的天色更加昏暗。

③泱（yāng）漭（mǎng）：昏暗不明的样子。塞北：古泛指长城以北地区。

④羽书：指军情文件，古代指插有鸟羽的紧急军事文书。

⑤沾臆：指泪水浸湿胸前。南朝梁沈约《梦见美人诗》：“那知神伤者，潺湲泪沾臆。”

⑥元戎：指军队主帅。《诗经·小雅·六月》：“元戎十乘，以先

启行。”

⑦关山：山名。在今宁夏回族自治区南部，此处指边塞。

⑧自矜：自大，自恃。

⑨笳（jiā）：指胡笳，古西域之地乐器。

⑩胡尘：胡地的尘沙，实指胡人的军队。

⑪榆关道：古榆关，今山海关。道：唐朝行政区划，主要为军事区域，唐朝曾设榆关道。

⑫只解：只知道。

⑬滹（hū）河：指滹沱河。

⑭金镞（zú）：金属制作的箭头。

刘长卿

刘长卿（约公元726年—约786年），字文房，宣城（今安徽宣城）人，后迁居洛阳，河间（今河北境内）为其郡望，唐代诗人。刘长卿当时诗名颇大，尤其擅长五律，自称自己的五律为“五言长城”。他的山水写景诗风格清淡，与王维、孟浩然颇为接近。刘长卿历经玄宗、肃宗、代宗、德宗四朝，是盛中唐之交的诗人，一生仕途坎坷，多年宦海浮沉，终不得志，两次被贬，历经安史八年战乱，见证繁华盛唐跌入深渊，看遍中原一片荒凉凋敝，体慰人民的水深火热，各种感情交织于胸中，流淌在他的诗歌中。《穆陵关北逢人归渔阳》中的“楚国苍山古，幽州白日寒”更是成为千古流传的名句，令人不语而悲，不寒而栗，印象深刻，感慨万端。而《疲兵篇》则描绘了幽燕的边塞风光，反映出蓟北戍边将士的苦寒，与高适的《燕歌行》异曲同工。

送客还幽州[1]

——李益

惆怅秦城送独归[2]，蓟门云树远依依[3]。
秋来莫射南飞雁[4]，纵遣乘春更北飞[5]。

【导读】

有考据称，后来的“燕京八景”之一的“蓟门烟树”，最早应源于李益的这首七绝诗中的“蓟门云树远依依”之句。蓟门，指蓟城城门，多指代蓟城。在唐代，蓟门更是成为幽州城的别称，唐代幽州城是辽南京和金中都的前身。然而后来的“蓟门烟树”之“蓟门”，却并非真正意义上的古蓟门，后世乾隆皇帝题写“蓟门烟树”四字，由此成为“燕京八景”之一。这一景现位于北京海淀蓟门桥一带，处元大都城墙遗址西城墙的北段。这段城墙为夯土构建，明克元后，“缩北城五里”，将元大都北城墙南移五里至安定门和德胜门一线，于是西城墙北段这段城墙遭荒废，在夯土城墙的遗址上生长出茂密树木，遂称“蓟门烟树”。同时，也有学者著文称“蓟门烟树”应在北京西城白云观一带的古蓟城之城门。关于此仍有待进一步考证。

李益的《送客还幽州》和王之涣的《九日送别》描绘的均为蓟门之秋景，同为送别诗，同为萧瑟景，可见“蓟门”在古人眼中早被赋予了凄凉孤寂的寓意。友人已经远行，而自己一人独归，不堪于分别的惆怅，又不耐别后的思念之苦，情切切，意绵绵，只能以吟诗排遣内心的苦楚与悲凉。当时的幽州城寄托了唐代文人志士不得志与孤独之感，也成为承载其家国情怀、理想信念的绝佳载体。

本诗选自《全唐诗》卷二八三。

【注释】

①还：一作“归”。

②秦城：指长安。

③蓟门：古蓟城城门，多指代蓟城。周武王伐纣灭商之后，在今北京地区分封了蓟和燕，蓟在北京西城广安门一带，燕在北京房山董家林一带。

④来：一作“空”，一作“风”。飞：一作“来”。

⑤纵遣：听凭。更：再次。纵：一作“从”。

李益

李益（约公元750年—约830年），字君虞，陇西姑臧（今甘肃武威）人，后迁河南洛阳，中唐诗人。李益以边塞诗作名世，擅长绝句，以清奇俊爽独步当时，韦应物称他为“二十挥篇翰，三十穷典坟，辟书五府至，名为四海闻”。大历四年（公元769年）中进士，初任郑县尉，久不得升迁。建中三年（公元782年）来到幽州，韦应物以诗《送李侍御益赴幽州幕》相赠。建中四年（公元783年）登书判拔萃科，后为幽州牧刘济营田副使，献诗“感恩知有地，不上望京楼”。宪宗闻其名召为秘书少监，后弃官在燕赵一带漫游。李益身历玄、肃、代、德、顺、宪、穆、敬、文九朝，五次从军边塞，长达二十年之久，年近花甲又重新被召回，终以礼部尚书致仕。他一生主要生活在燕赵一带，更是几次在幽州为官，因此，幽燕意象在其诗中出现频繁，其诗意境幽远。

咏　史

——柳宗元

燕有黄金台，远致望诸君①。
嗛嗛事强怨②，三岁有奇勋。
悠哉辟疆理③，东海漫浮云④。
宁知世情异，嘉谷坐熇焚⑤。
致令委金石⑥，谁顾蠢蠕群⑦。
风波欻潜构⑧，遗恨意纷纭。
岂不善图后，交私非所闻⑨。
为忠不顾内⑩，晏子亦垂文⑪。

【导读】

这首五言古诗，作于元和二年（公元807年），是柳宗元借歌咏乐毅立功受谗的史事，抒写自己被贬谪之后蓄积于心的一股忠愤抑郁之气。

燕昭王修筑高台，置千金于其上，世称“黄金台”，亦称“招贤台”。关于黄金台的位置有“河北易县说”“朝阳区金台（人民日报社附近）说”“白云观附近说”，本书采用后说。燕昭王重礼纳贤，招引贤士，重用乐毅。乐毅为报燕昭王礼遇之恩，笃志事燕，为燕国打败强齐，辟疆扩土。昭王死，惠王即位。齐人施反间计使惠王怀疑乐毅，乐毅畏诛走赵。诗人“抱厚德，蓄愤悱，思有以效于前者，则既乖谬于时，离散摈抑，而无所施用”（《与顾十郎书》），既是悯人又是自叹。从乐毅的形象之中，不难窥见柳宗元自己的影子。

本诗夹叙夹议，名为咏史，实为抒写诗人因谗言而被贬谪的忠愤幽怨的情怀，发挥了借古讽今、因史咏怀的传统手法，着眼于现实，具有强烈的针对性，体现对忠良被害、壮志未遂的悲慨。此诗字里行间充溢着诗人的个性气质，折射出诗人自己的思想情感。

本诗选自《全唐诗》卷三五三。

【注释】

①致：招引，引来。望诸君：指乐毅，乐毅被燕昭王封为昌国君，后被迫逃赵，被赵王封为望诸君。

②嗛（qiàn）嗛：怀恨隐忍。强怨：强烈的仇怨。

③悠哉：悠，思念。哉，语气词。

④东海：指齐国，齐国位于东海边。浮云：这里指齐国的反间计。

⑤嘉谷：长得特别好的禾谷，引申为伐齐的胜利品。坐：因此。熇（hè）焚：焚烧。

⑥致令：致使。委金石：致使燕将乐毅这样可以刻写在金石上的功劳被委弃。

⑦蠢蠕群：蠕动的蛆虫，诗中借指那些进谗言、搞反间计的小人。

⑧欻（xū）：忽然。潜：暗地里。构：造成、形成。指罗织罪名。

⑨交私：私下交结，结党营私。

⑩不顾内：不顾惜自己。

⑪晏子：晏婴，春秋时齐国大夫，曾任齐国宰相，体矮智多。垂文：有文章传下来。

柳宗元

柳宗元（公元773年—819年），字子厚，河东（今山西运城永济一带）人，“唐宋八大家”之一，世称“柳河东”“河东先生”，是唐代著名的文学家、哲学家、散文家和思想家。柳宗元出身于官宦家庭，其父柳镇曾任侍御史等职，其母卢氏属范阳卢氏，祖上世代为官。他少有才名，早有大志。文以辞采华丽为工。贞元九年（公元793年）中进士，十四年（公元798年）登博学鸿词科，授集贤殿正字。一度为蓝田尉，后入朝为官，积极参与王叔文集团政治革新，迁礼部员外郎。永贞元年（公元805年）九月，革新失败，贬邵州刺史，十一月，加贬永州（今湖南省永州市零陵区）司马。柳宗元因官终柳州刺史，又称“柳柳州”。此外，其与韩愈并称“韩柳”，与刘禹锡并称“刘柳”，与王维、孟浩然、韦应物并称“王孟韦柳”。

柳宗元一生留有诗文六百余篇，其中咏史诗多作于贬谪永州这九年间。他借古人事以自抒怀抱，将强烈的孤愤融入对历史的观照、反思之中，既使得咏史具有浓郁的主观色彩，又赋予史事以丰厚的现实内蕴和情感深度，其《咏史》《咏荆轲》即是典型。作者对燕国将军乐毅的解读和评判，有利于丰富人们对北京历史名人和文化史迹的多角度认识。

雨后净望河西连山怆然成咏

——李德裕

宿雨初收晚吹繁[1]，秋光极目自销魂。
烟山北下归辽海[2]，鸿雁南飞出蓟门。
只恨无功书史籍，岂悲临老事戎轩[3]。
唯怀药饵蠲衰病[4]，为惜余年报主恩。

【导读】

“安史之乱”肇始幽州，叛乱给了唐人一个深刻反思的机会。泱泱大唐一百多年的辉煌，何以如此不堪一击，被一介武夫削去光芒？而大乱之后皆盼大治，中唐以后，士族文人们将目光更多地投注在重振朝纲、再现大唐声威的现实改革上。永贞革新、元和平藩、会昌中兴，活跃于此间的文人士大夫被时代激发出政治热情和进取精神，较之盛唐时期的文人更为自觉和强烈，李德裕便是其中一员。中唐以后的局势内忧外患，李德裕所面临的除了少数民族的侵扰，还有幽州一带的藩镇割据，他凭借卓越的政治才能讨伐刘稹，派兵遏制四夷，采取怀柔政策，使得唐朝再次呈现中兴之势。晚年不幸被贬海南崖州，政治生涯随之终结。李德裕虽以政治家身份名垂史册，但他的文学造诣也是值得称道的。此诗作于其晚年贬谪期间，身份的跌变使得诗歌风格骤然变化。与以往的政治应用诗文不同，李德裕晚年所作之诗，以自然书写为宗，纵目极望，囊括南北，高远苍茫，疏阔浑成。“烟山北下归辽海，鸿雁南飞出蓟门”，写出了诗人的现状，离开了权力中心，被贬南下，但军事重地蓟门边事仍萦绕心头。“岂悲临老事戎轩”传达了自己年岁虽高，仍心系国家的家国情怀。

本诗选自《全唐诗》卷四七五。

【注释】

①宿雨：夜雨。

②烟山：疑为燕山，燕山大致为东西走向，西接太行，东至渤海。辽海：一说指渤海辽东湾。如唐杜甫《后出塞》诗之四：“云帆转辽海，粳稻来东吴。”一说指辽河流域以东至海地区，即传统意义上的“辽东”。

③戎轩：指兵车；亦以借指军队、军事。

④药饵：药物，药指方剂，饵指营养品。蠲（juān）：祛除。

李德裕

李德裕（公元787年—850年），字文饶，赵郡（今河北赵县）人，宰相李吉甫之子，唐代政治家、文学家，是中晚唐名相。唐穆宗时，因与牛僧孺、李宗闵政见不合，发展成为党争，去宰相之职。唐武宗即位后，李德裕再度入相，执政期间外平回鹘、内定昭义、裁汰冗官、协助武宗灭佛，功绩显赫，朝廷一时呈中兴之势。李德裕生于安史之乱后，当时的幽州地区仍处于藩镇割据状态，再加上东北少数民族不断进犯幽州，幽州成为当时的边疆军事重镇，而特殊的地理位置决定了他的政治使命：平藩属、抗四夷。李相善用贤士，受万人敬仰，史称其“奖善嫉恶”，又以“抑退浮薄，奖拔孤寒”著称。后唐宣宗即位，李德裕由于位高权重遭新皇猜忌，五贬为崖州司户。被贬崖州后有人写诗怀念：“八百孤寒齐下泪，一时南望李崖州。”大中四年（公元850年），死于贬所。

燕昭王墓[1]

——罗隐

战国苍茫难重寻，此中踪迹想知音。
强停别骑山花晓，欲吊遗魂野草深。
浮世近来轻骏骨[2]，高台何处有黄金[3]？
思量郭隗平生事[4]，不殉昭王是负心[5]。

【导读】

燕昭王（公元前335年—前279年），燕王哙之子姬职，史称“燕昭王”，简称“昭王”或“襄王”。是战国时期燕国的第三十九任君主，即位后奋发图强，任用了苏秦、乐毅、郭隗等贤士，振兴了燕国，造就了燕国盛世。公元前279年，燕昭王去世，其子燕惠王即位。关于燕昭王墓葬所在，古书多有记载。《九州记》曾记：“古渔阳有无终山，山上有昭王冢……”《水经》记载“燕昭王葬于无终山中”，而无终山在战国时就是指蓟州一带。据清智朴《盘山志》记载：“燕昭王墓在盘山千像寺东十里。”如今考古发现，天津蓟县府君山下原来一直被认为是唐末学者窦禹均墓的大型封土堆很可能就是战国时期燕国燕昭王的冢墓，此墓以西为渔山，东北方为府君山，正南为白马泉，正东为黑马泉。考古学者认为，这个大型封土堆契合史料描述，它的主人很可能是历史上著名的燕昭王。燕昭王是历史上有名的贤君，他深刻了解人才是立国之本、富国之基，于是他能在关键时刻放下“人主”架子，礼贤下士，对郭隗“筑宫室而师事之”，得天时。又以“千金何足惜，一士固难求”的气概，筑起了黄金台，以招揽天下贤才，求人和。于是乐毅自魏往，邹衍自齐来，剧辛自赵至，士争趋燕。燕昭王在位期间，吊死问孤，与百姓同甘共苦，整治内忧外患；发展冶铁，兴修水利，充分发挥燕国“渔、盐、枣、栗”的地利，天时地利人和造就了殷富的燕国。罗隐作为唐与五代交替时期的诗人，作此诗一方面表达了自己渴求被贤君重用的愿望，另一方面也近于明白地宣示了他甘作唐遗民的决心。

本诗选自《全唐诗》卷六六五。

【注释】

①燕昭王：战国时燕王哙之子姬职，在位三十三年，卒谥“昭”。

②浮世：指人间，人世。骏：好马。骏骨：见《战国策·燕策》，后人以“骏骨”喻贤才。

③高台：指黄金台，为战国时期燕昭王建求贤高台。

④郭隗（wěi）：战国时期燕国人，燕昭王客卿，为燕国招贤纳士，使燕国富强。

⑤殉：陪葬。

罗隐

罗隐（公元833年—909年），字昭谏，新城（今浙江省杭州市富阳区新登镇）人，唐末五代时期诗人、文学家、思想家。他生于唐文宗太和七年（公元833年）正月，历唐末文、武、宣、懿、僖、昭、哀七朝，大中十三年（公元859年）年底至京师，应进士试，前后总共考了十多次，最终还是铩羽而归，史称“十上不第”。《旧五代史》记载：“（隐）诗名于天下，尤长于咏诗，然多所讥讽，以故不中第。”作为唐末五代诗人，他过了一辈子的幕僚生活，曾到过陕西、四川、山西、河北、河南、湖北、湖南、江西、福建、安徽、浙江等省，足迹几乎遍及整个中国，又经历了自唐末至五代的战乱，大半生过着流离颠沛的生活。五代后梁开平三年（公元909年）去世，享年七十七岁。《燕昭王墓》是其游历幽州期间所作，以“浮世近来轻骏骨，高台何处有黄金”，深叹知音难觅，贤君难求。

幽州卢龙节度使刘济墓志铭

——权德舆（房山出土墓志）

公姓刘氏，讳济，字济[①]，蜀昭烈皇帝二十一代孙。曾祖宏远，皇检校司卫卿临洮军使，袭彭城郡公，赠宋州刺史。祖贡，皇特进左金吾卫大将军[②]，赠扬州大都督。父怦，皇幽州卢龙节度观察等使御史大夫，赠司徒恭公。公承是覆露，生而岐嶷。深而通，直而和，宏毅忠肃，端明温重。固已蕴绝人之姿，挺希代之器，始以门子横经游京师，有司擢上第。参幽州军事，转兵曹掾，历范阳令，考绩皆为府中最。兴元初以太子家令为莫州刺史，以御史中丞为行军司马，凡吏理之尉荐，舆师之拊循，如良庖之无肯綮，良农之无灭裂。司徒即代，有诏夺情，节哀顺变，讲信修睦。先公之封轸尽在，长帅之威惠毕举。比岁大旱，蝝蝗为灾，絜齐蔬菲，默以心祷。甘雨祁祁，嘉生莓莓，因其丰登，示以班制。古诸侯之令典，靡不具焉。贞元初，乌桓诱北方之戎，幸吾阻饥，大耸边鄙。公先计后战，陈兵于郊，乃遣单车使者，诱掖教告。繇是诸戎，皆为公用，干不庭方，厥猷茂焉。明年，鲜卑墨乙之犯古渔阳，其后啜利寇右北平，公分命左右军，异道并出。然后以中坚衡击，士不离伤，师不留行，罙入其阻，抵青都山下，捕斩首虏以万级[③]，获橐驼马牛羊以万数。十九年，林胡率诸部杂种，浸淫于潼蓟之北，公亲统革车，会九国室韦之师以讨焉。饮马滦河之上，扬旌冷陉之北，戎王弃其国遁去。公署南部落刺史为王而还，登山斫石，著北伐铭以见志。自太行以东，怀和四邻，或归其天伦，或复其地理。警急则解其颠没，居常则纳诸矩度，兵兴以来，气俗相因。或以奓败度，或以美没礼，比屋之人，被缦胡而挥盂劳，不知书术。公乃修先师祠堂，选幼壮孝悌之伦，春秋二仲，行释菜乡饮酒之礼，生徒俎豆，若在洙泗。私门耽耽，公署沈沈，自从事掾史，迨纪纲之仆，禀稍有伦，采章不紊，接士必下以词气，推贤而容其出处。陇西李益，乐安任公叔，皆以宾介荐延至郎吏二千石，为近臣良守，此又烈丈夫大君子旷度卓荦之为也。

其于勤身裕物，生聚教训，祁寒则颁以絮帛，大歉则振其仓廪，一方之人，蒙被惠和，嘉祥交于动植，孝顺浃于州壤，美化周行，无不及焉。去年冬，王师问罪于常山，公率先蹈厉，累上功捷，引义慷慨，赋诗以献，诏宰司序引百执事属和以美大之。师次瀛州，既围乐寿，又遣支兵，急攻安平，三旬未下。武怒益奋，命其子总以骑士八千先登，公亲鼓之，士皆殊死战，亭午而拔，诛屠无噍类，盖所以宣威制胜于可必也。天子赐以宝剑金甲、彤弓卢矢。方董诸侯之师，将覆其巢，俄感厉气，隐机口占，署总军司马，曰："无以吾故而稽天诛。"悉召戏下，以须王命。俄而下霈然之诏，宥罪班师，加公宠渥。已至大病，遗章悃款，不及家事，天下之人，伟其忠劳。总以君命起于倚庐之中，委重戎事。由御史大夫为工部尚书，凡军师之节制，封部之廉察，尽如恭公太师之命焉。茹荼雪泣，祗服丕矩，以国侨之遗爱，知公业之不亡。生极荣号，没有愍册，扬名以继志，善训以克家，君臣父子之道，斯为至矣。褒大臣所以尊王命，懿武事所以恢天声。敢摅馨香，以识冥漠。铭曰[④]：

帝在法宫，推心懋功。洸洸彭城，秉义纳忠。幽都朔易，赐履来宅。便藩渥命，焜耀嘉绩。北戎病燕，从古以然。怀徕荡定，勇略昭宣。燮和之重，公作霖雨。师律之严，公为齐斧。廓开祲沴，振奋威武。保大定功，庇人尊主。却縠敦悦，乃主成师。善经义府，公实似之。北伐刻铭，西征赋诗。播于工歌，列在鼎彝。壮猷未极，大暮如斯。华首童牙，辛酸涕洟。义方绍续，君命吉禄。孝在无改，恩延必复。参差辂葆，澶漫陵谷。勒石下泉，幽元照烛。

【导读】

北京市文物研究所在配合北京文化硅谷项目建设的考古勘探中，在北京市房山区长沟镇坟庄村西北，发现了一座大型唐代墓葬。经国家文物局批准，2012年8月至2013年6月，北京文物研究所对该墓进行了抢救性考古发掘工作，确认其为唐代幽州卢龙节度使刘济墓。唐代节度使源于魏晋以来的持节都督制度。卢龙节度使，又称“范阳节度使”“幽州节度使”，是天宝年间十节度使之一，为唐在今河北地区设置的节度使。开元元年（公元713年），唐玄宗为防御奚、契丹进犯，同时更好地经营和治理幽州（今北京），设置幽州节度使，天宝元年（公元742年）改为范阳节度使，“安史之乱”结束后，改回幽州节度使，因其领卢龙军，又称“卢龙节度使”。

刘济（公元757年—810年），唐代幽州人，曾被唐德宗任命为幽州节度使，后顺宗、宪宗时，连任幽州卢龙节度使，累官至御史中丞、卢龙行军司马。当时，幽州处于北方边境，常年受到乌桓、鲜卑等族的侵扰，刘济率军深入千余里，打败敌人，虏获不计其数，边境遂安。刘济镇守卢龙二十余年，深得军心、民心。然被次子毒杀，时年五十四岁，唐宪宗特追赠其为太师，废朝三日，以表哀思，并御谥刘济为“庄武”。

唐幽州卢龙节度使刘济墓的发掘，不仅是北京唐代考古的重大发现，而且是研究北京城市文化的重要实物依据。刘济墓的发掘和一系列文物的相继出土，对于研究唐代北京，即当时幽州城的政治、经济、文化和社会发展等诸多方面，都增添了新的史料和物证，有望填补对唐代北京城研究的一些缺环。刘济墓志为正方形，石质，有盖，墓志上下叠合，面南平放于墓葬前甬道北侧。志盖阴刻篆书六行二十四个大字：“唐故幽州卢龙节度观察御使中书令赠太师刘公墓志之铭。”刘济墓志志石字体采用的是正楷，四十七行，共一千五百四十三字。其中正文一千三百九十二字，所载文字比《全唐文》和《权载之文集》中的《刘公墓志铭》都多，志文同时还原了刘济的真实职位及历史事迹等情况。但所载内容与《全唐文》卷五〇五所收权德舆撰《刘济墓志铭》相比，区别不大。应该提及的是刘济还对房山云居寺石经山的刻经事业卓有贡献。

本文采自房山出土的权德舆所作《幽州卢龙节度使刘济墓志铭》，并参照《全唐文》卷五〇五核校。

【注释】

①字济：在《全唐文》和《权载之文集》中，刘济的字均被记录为“字济之”。新出土的刘济墓志上记载“公姓刘氏，讳济，字济”。刘济，唐代幽州人，是幽州卢龙节度使刘怦的长子。贞元元年（公元785年）秋，在其父刘怦去世后，被唐德宗任命为幽州节度使。

②皇特进左金吾卫大将军：《权载之文集》中，将刘济祖父刘贡的职务描写为“皇特进左金吾卫大将军”，而在《全唐文》中则说是“皇特进右金吾卫大将军”，对此一直没有统一说法。在北京新出土的刘济墓志文中，则清楚地写着刘济祖父刘贡的职位是“皇特进左金吾卫大将军”，一段长期困扰学术界的历史公案顺利解决。有专家做出解释：“皇特进”为当时的“御林军”，而“金吾卫大将军”相当于如今的司令。御林军分左右两金吾卫，若比照今日官衔，相当于卫戍区司令。

③万级：一万首级。刘济对抗鲜卑族斩杀俘虏的数量，《权载之文集》记载这一数字是两万，而最新出土的墓志中，真实还原了刘济的作战功绩。此处从墓志。

④墓志与《权载之文集》中记载刘济的下葬时间有所出入。《权载之文集》中记为“冬十月”。新出土的刘济墓志上记载了其准确的下葬时间：刘济“五年秋七月，寝疾薨于莫州之廨舍，享年五十四。冬十一月归全于涿州……之原”。

权德舆

权德舆（公元759年—818年），字载之，祖籍秦州陇城（今甘肃省泰安县），因“安史之乱”，其父权皋辗转到洪州（今江西南昌），因此权德舆生于江南。权德舆少有才气，四岁就读诗，建中元年（公元780年），因才智受德宗赏识，被招为秘书省校书郎，开始仕宦生涯，后官居宰相。《旧唐书》曾记载权德舆深受德宗厚爱，称“须得如卿者，所以久难其人”。权德舆不仅仕途通达，久据要津，而且还是当时的文坛盟主。他结交唐朝许多著名的诗人、作家，并参与古文运动，在其中起到了承前启后的作用。他的诗歌创作既有“绝似盛唐者”，又有典型的中唐风范，是当时著名的诗人和有影响的作家，受到元稹、刘禹锡等人高度赞扬。幽州卢龙节度使刘济死后，权德舆为其写墓志铭，歌颂刘济对幽州的贡献和对唐朝北方边境安定所起的突出作用。权德舆和韩愈都是墓志高手，每一篇墓志铭都真实记载了墓主人的人生重要功业，也因此记载下当时社会的政治、经济、军事、文化等重要节点。墓志铭是研究墓主人当时所处时代社会历史的重要文化载体，值得重视。

2013年，权德舆撰写的《唐故幽州卢龙节度观察御使中书令赠太师刘公墓志之铭》的出土，为我们研究当时幽州的政治文化和社会生活提供了真实的第一手材料，具有重要的史学价值和文化价值，同时也验证了史书记载的真实性。幽州作为唐朝北方边境的重镇，刘氏祖孙三代（刘济与其父刘怦、其子刘总）治理幽州前后历时三十六年，刘济墓志铭的出土，将一千多年前曾在北京这片土地上叱咤风云，却被历史烟尘遮蔽的北京地界的重要历史人物刘济重新推到了大家面前，不仅对于研究幽州卢龙节度使刘氏家族意义重大，同时也是研究北京城市文化和北京地区历史名人的重要考古实证。

令狐彰列传（节选）

——《旧唐书》

令狐彰，京兆富平人也。远祖自燉煌徙家焉，代有冠冕。父濞[①]，天宝中任邓州录事参军，以清白闻，本道采访使宋鼎引为判官。初任范阳县尉，通幽州人女[②]，生彰，及秩满，留彰于母氏，彰遂少长范阳。倜傥有胆气，涉猎书传，粗知文义，善弓矢，乃策名从军，事安禄山。天宝中，以军功累迁至左卫员外郎将。

安禄山叛逆，以本官随贼党张通儒赴京师，通儒伪署为城内左街使。王师收复二京，随通儒等遁走河朔[③]，又陷逆贼史思明，伪署为博州刺史及滑州刺史，令统数千兵戍滑台[④]。彰感激忠义，思立名节，乃潜谋归顺。会中官杨万定监滑州军，彰遂募勇士善于水者，俾乘夜涉河[⑤]，达表奏于万定，请以所管贼一将兵马及州县归顺，万定以闻。自禄山构逆，为贼守者，未有举州向化，肃宗得彰表，大悦，赐书慰劳。时彰移镇杏园渡，遂为思明所疑，思明乃遣所亲薛岌统精卒围杏园攻之。彰乃明示三军，晓以逆顺，众心感附，咸悉力为用。与贼兵战，大破之，溃围而出，遂以麾下将士数百人随万定入朝。肃宗深奖之，礼甚优厚，赐甲第一区、名马数匹，并帷帐什器颇盛，拜御史中丞，兼滑州刺史、滑亳魏博等六州节度，仍加银青光禄大夫，镇滑州，委平残寇。及史朝义灭，迁御史大夫，封霍国公，寻加检校工部尚书。未几，检校右仆射，余并如故。

彰在职，风化大行。滑州疮痍未复，城邑为墟，彰以身励下，一志农战，内检军戎，外牧黎庶[⑥]，法令严酷，人不敢犯。数年间，田畴大辟，库藏充积，岁奉王税及修贡献，未尝暂阙[⑦]。时犬戎犯边，征兵防秋。彰遣属吏部统营伍，自滑至京之西郊，向二千余里，甲士三千人，率自赍粮[8]，所过州县，路次供拟，皆让而不受，经闾里不犯秋毫，识者称之。然性识猜阻，人有忤意，不加省察，辄至毙踣[9]，此其短也。临终，手疏辞表，诫子以忠孝守节，又举能自代。

【导读】

此传记载的是唐代幽州著名历史人物令狐彰的忠孝节义事迹。幽州作为唐代的北方边疆重镇，政治、经济、军事、文化地位极高。安禄山、史思明曾据幽州发动长达八年的对抗唐中央政府的叛变。在叛乱和平叛期间，幽州形势复杂多变，各种势力都希望夺取幽州，这也使得幽州成为战略争夺的重点城邑。令狐彰原为安禄山下属，因功升任左卫员外郎将，幽州发生叛乱时，被裹挟在叛军队伍中。在为史思明出镇滑台期间，倒戈归顺唐朝廷，成为保护幽州平定叛乱的忠臣良将，受到唐肃宗表彰。令狐彰作为幽州人，有胆有谋，在平定“安史之乱”中，为保护幽州城做出了巨大的贡献。令狐彰的治军方略和理政能力均属一流。令狐彰忠诚守节，死前给自己的儿子留下遗言，希望自己的后代也能始终忠诚于朝廷，坚守礼节。这也在一定程度促进了忠君爱国、守节保礼的传统在幽州传扬。

本文节选自《旧唐书》卷一二四“列传”第七十四。

【注释】

①濞（bì）：令狐彰父亲令狐濞。

②幽州：地名，现今北京地区，唐代为重要的北方军事重镇，对保卫中原地区的安定具有重要的作用。

③遁：逃跑，逃遁。

④滑台：位于河南地区，即今河南的滑县，在隋唐时为重要的军事要冲，地理位置显要。安史之乱时，唐军在滑台击败安禄山军队，取得胜利，对唐朝平定安史之乱具有重要的意义。

⑤俾：表命令，让，叫。

⑥牧：放牧，此处表示统治，管理。

⑦阙：名词表示缺口、缺点，动词表示损伤、损害。这里是说令狐彰善于政事，赋税从不缺少。

⑧赍（jī）：携带。

⑨毙踣（bó）：刑惩致死。毙：致死。踣：仆倒。

《旧唐书》

《旧唐书》是五代后晋时官修的史书，是现有最早的系统记录唐代历史的一部断代史。唐自修国史，吴兢、韦述、于休烈、令狐峘等人相继参与编修。后晋时期《旧唐书》在唐人所修国史基础上加上新收集的史料缀补而成，刘昫负责监修（公元940年—945年），与宋代欧阳修、宋祁等人编撰的《新唐书》相区别。全书共二百卷，从后晋高祖天福五年（公元940年）张昭远、贾伟、赵熙等人奉石敬瑭之命开始编撰，到后晋出帝开运二年（公元945年）完成。它对我国的赋税制度变革、地理学考察、历史文化风俗研究具有重要的史学价值，是研究我国唐代政治、经济、文化及社会风俗的重要史籍。《旧唐书》保存了丰富的史料，记事比较详细，便于读者了解历史事件的过程和具体情况，因而备受重视。《旧唐书》有关于幽州的大量历史记载，对我们现在研究唐朝幽州的状况具有重要的历史价值，特别是对于了解幽州的政治、军事、经济、文化及当时少数民族和汉族的融合等价值极大。《旧唐书》是研究北京历史和文化的珍贵史料，值得重视。

宋辽金时期

燕台歌[①]

——司马光

万古苍茫空盛衰，燕台贤客姓名谁。
君看碣石岩中草[②]，宁似昭王拥篲时[③]。
黄金散尽余基没，易水萧条烽火飞。

【导读】

燕国的建立要追溯到西周初期。周初分封诸侯，封黄帝之后（一说封帝尧之后）于蓟，封召公于燕。后来山戎灭蓟弱燕，燕向齐国求救，燕齐联手打败山戎，而后"燕都蓟城"。燕昭王作为战国时期燕国的第三十九任君主，是一代有作为的君主。他励精图治，外御胡人进犯，内防诸侯吞并，最终使燕国从地处东北边鄙的小国，一跃成为战国时期的七雄之一。黄金台是燕昭王为广延天下贤士而修筑的，正因重用乐毅、郭隗等贤才志士，才为燕国的崛起奠定了坚实的基础。黄金台始建于公元前311年前后，实为招贤台，又称"幽州台"。后人凡来此地，都会感念燕昭王千金买马骨、厚待郭隗等贤才的史事，呼唤君主"礼贤"。修筑黄金台的幽燕地区自辽、金、元、明、清以来，迅速发展成为全国政治、经济、文化的中心，后来的"燕京八景"中之"金台夕照"是黄金台历史文化的象征性符号遗存。千余年间，历代文人对黄金台歌咏不尽，或对景怀古，或借古讽今，或感怀身世，如初唐诗人陈子昂的《登幽州台歌》、边塞诗人高适的《燕歌行》、宋代文豪司马光的《燕台歌》等。

本诗选自《全宋诗》卷四九九。

【注释】

①燕台：指战国时燕昭王所筑的黄金台。故址在今北京西城白云观西。

②碣石：指河北昌黎渤海近岸碣石山。曹操《观沧海》有“东临碣石，以观沧海”之句。

③宁：难道。昭王：指燕昭王，又称燕昭襄王（公元前335年—前279年），春秋战国时燕国第三十九任君主。燕王哙之子姬职，史称燕昭襄王，简称昭王或襄王。昭王即位后招贤纳士，文治武功，造就了燕国盛世。拥篲（huì）：指手拿扫帚，清扫道路。此处指燕昭王招贤纳士。篲，同“慧”。

司马光

司马光（公元1019年—1086年），字君实，号迂叟。陕州夏县（今山西夏县）涑水乡人。历仕仁宗、英宗、神宗、哲宗四朝，卒赠太师、温国公，谥文正，世称“涑水先生”。他不但是政治家、史学家，而且在经济上、哲学上、文学上都有重要的主张和实践活动，并且为人温良谦恭、刚正不阿。他爱好历史，治史不懈，做事用功刻苦、勤奋，一生以“日力不足，继之以夜”自励。庆历六年（公元1046年）冬，司马光罢武成幕来京师，以大理评事兼任国子监直讲。皇祐元年（公元1049年）得庞籍举荐，授馆阁校勘，标志他已成功跻身天子侍从顾问行列。宋英宗时，因反对王安石变法，拒绝出任枢密副使，于是由京都贬谪陕西。元丰八年（公元1085年），宋哲宗即位，高太皇太后听政，再次召他入京主国政，为相八个月后卒。他主持编纂了中国历史上第一部编年体通史《资治通鉴》，受后人景仰。作为史学家，以咏史诗居多，所选《燕台歌》便是其游历幽州期间的有感之作，且多与《史记》相呼应，类似于读史笔记，其中的议论性文字也多为史评之论，表明自己的政治观念，以垂鉴于世。朱熹曾评价他：“君实得无知乎！博学无所不通。”

讽谏歌

——萧瑟瑟

勿嗟塞上兮暗红尘①，勿伤多难兮畏夷人②；
不如塞奸邪之路兮③，选取贤臣。
直须卧薪尝胆兮④，激壮士之捐身；
可以朝清漠北兮⑤，夕枕燕云⑥。

【导读】

辽朝，是五代十国和北宋时期以契丹族为主体建立的北方少数民族政权，又称“大契丹国”或“大辽国”。辽国分为五个道（上京、中京、东京、南京、西京），以京作为每一个道的政治中心。除上京（今内蒙古赤峰巴林左旗东南波罗城）作为首都外，其他皆为陪都。辽南京道（今北京），又称“燕京”，府曰“析津”，是辽代重要的陪都。辽朝自公元907年耶律阿保机建国，后吞并周边，割据汉界，全盛时南北开疆辟土达五千里，东西四千里，“戎器之备，战马之多，千古未有”。到天祚帝时，辽朝开始土崩瓦解，风雨飘摇，亡国的征兆已经显现。而天祚帝仍然穷奢极侈，宠信奸臣，拒谏饰非，疏贬忠良。萧瑟瑟作此诗讽喻规谏，意在以其清醒的政治头脑和强烈的爱国之情，为天祚帝出谋划策，敦促天祚帝整顿朝纲、斥逐奸佞，挽救国家。

起句“勿嗟塞上兮暗红尘，勿伤多难兮畏夷人”，表达了萧瑟瑟对辽朝现状的透彻分析。她认为塞上尘暗、女真族的崛起并不值得惊慌，皆不可怕，若能“塞奸邪之路兮，选取贤臣”“卧薪尝胆”便能“激壮士之捐身”，则可以北拒女真，南敌赵宋，国家便可安宁。其中“夕枕燕云”中的“燕云”即燕云十六州，又称“幽云十六州”“幽蓟十六州”，位于今天北京、晋北、冀北地区，共十六个州。此诗八句、五十二字，简短有力，字里行间流露出契丹民族一个伟大女性的忧国忧民之情。《辽史·后妃传》在引此诗时指出：“女真乱作，日见侵迫。帝畋游不恤，忠臣多被疏斥，妃作歌讽谏。”此诗既具有强烈的现实针对性，但良苦用心付诸东流，醉生梦死、昏聩无能的天祚帝“见而衔之”（《辽史·后妃传》）。虽然如此，此诗在后世却产生了一定的积极影响。清代学者谢蕴山曾就此题写绝句：“瑟瑟伤时悯直臣，燕云夕枕暗红尘。白头宫监谈遗事，芳草萋萋废苑春。”

本诗选自《辽文存》卷三。

【注释】

①塞上：边境塞外之地。暗红尘：尘土飞扬，天昏地暗，比喻敌兵压境、烽火连天。

②夷人：东夷，东方的少数民族，诗中指金国女真族。

③塞：一作“塞却”，堵住、堵塞的意思。

④直须：必须，唯有。这句运用越王勾践卧薪尝胆、艰苦励志的典故。

⑤朝清漠北：一作“朝清沙漠”，指早晨扫清漠北的金兵。

⑥夕枕燕云：晚上头枕着燕云安然歇息。燕云：燕云十六州。

萧瑟瑟

萧瑟瑟（？—公元1121年），小字瑟瑟，名讳不详，国舅大父房之女，契丹族女诗人。萧瑟瑟原为渤海国大氏族，少时便喜爱文墨，擅长诗歌，因其天资聪颖，贤淑典雅，辽天祚帝耶律延禧（公元1075年—1128年）“见而悦之”，纳为文妃。后萧瑟瑟生下蜀国公主和晋王敖卢斡。天祚帝元妃的兄长，时任枢密使的萧奉先对晋王多有警惕，他担忧其外甥秦王不得即位，便设法诬陷萧瑟瑟的妹婿、南军都统耶律余睹密谋拥立晋王，最终萧瑟瑟及其儿子晋王相继遇害。萧瑟瑟是辽代女性建言议政的重要代表之一。辽末，由于北方女真族的兴起和辽国政治腐败，作为契丹民族忧国忧民的女诗人，萧瑟瑟关注社稷安危，针砭时弊，将其爱国热忱和政治谋略熔铸于辞章，写下了诸如《讽谏歌》《咏史》等一些声情并茂的诗歌作品。

眼儿媚[①]·玉京曾忆昔繁华[②]

——赵佶

玉京曾忆昔繁华，万里帝王家。
琼林玉殿，朝喧弦管，暮列笙琶[③]。

花城人去今萧索[④]，春梦绕胡沙。
家山何处，忍听羌笛，吹彻梅花[⑤]。

【导读】

靖康年间，金兵攻破北宋都城汴京（今河南开封），虏获徽宗赵佶及其子钦宗赵桓，并押往金国都城上京，史称“靖康之变”或“靖康之耻”。这首词就是词人写于被囚禁受辱的岁月之中，表达了词人对故国的怀念和深切的亡国之痛。徽宗继位初期宋朝繁荣昌盛，幽州特殊的地理位置和得天独厚的地势，加上词人宋徽宗与生俱来的幽云十六州情结，使得他好大喜功，妄图迅速收回幽云十六州，后与女真约定联合攻辽，签订了“海上之盟”（由于当时宋金被辽隔绝，无陆地接壤，只能通过船只自渤海往来，因得此名）。然而唇亡齿寒，金在灭辽之后迅速南下，政治上的昏庸和军队战斗力的低下，使得汴京很快被金兵所破，北宋灭亡。宋徽宗赵佶虽不曾长期生活在幽州地区，但其与幽州却有千丝万缕的联系，对其人生轨迹产生了极大的影响，其后半生的悲惨遭遇可以说在很大程度上是与其在幽州等问题上的昏着迭出相关。

词的上片追忆了北宋都城汴京昔日的繁华景象，下片写了如今身在异国他乡的破败与凄凉，词句追忆往昔，借景抒情，将对故土的思念和亡国之君的悲痛表达得真实可感。“家山何处，忍听羌笛，吹彻梅花”，让人不忍卒读。这首词无论是否在燕京延寿寺构思写就，燕京四个月囚徒生活的影响一定在这首词中有所体现。

本词选自《全宋词》第二册（中华书局）。

【注释】

①眼儿媚：词牌名，又名〔秋波媚〕。

②玉京：指北宋都城汴京。

③笙：源自中国的簧管乐器，音色清晰透亮。琶：琵琶，拨弦类弦鸣乐器。

④花城：指北宋都城汴京。萧索：萧条，冷落。

⑤梅花：指《梅花落》，汉横吹曲名。

赵佶

宋徽宗赵佶（公元1082年—1135年），北宋第八位皇帝，神宗之子，哲宗之弟。在位初期，志向远大，颇具明君之风，后期听信谗言，致国运不断衰退，“靖康之变”时，都城开封被金兵攻破，已退位的徽宗赵佶和其子钦宗赵桓被俘虏，并被押北上，徽、钦二帝在被掳北上的过程中，都曾被囚居于燕京。宋徽宗比宋钦宗早两个月被押至燕京，关押在燕京延寿寺（当时燕京有三座延寿寺。囚禁徽宗的延寿寺究竟是哪一个，目前还未见定论）。宋钦宗被关押在悯忠寺（即现在的法源寺，唐为纪念远征高丽阵亡将士所建）。后再往北押至金国上京。徽宗赵佶最终在长期的受辱折磨中，客死异国他乡。政治上的失败，掩盖不了徽宗赵佶在艺术上的成就，其所创书法瘦金体灵动快捷，笔迹瘦劲，个性强烈，影响颇大；其花鸟画别具风格；其诗作有许多流传后世，特别是国破家亡后的诗作，更是感人至深。

宋徽宗赵佶的一生都与北京有着千丝万缕的联系。幽云十六州原属中原王朝领地，被石敬瑭割让契丹后，一直未能纳入大宋版图。太祖赵匡胤、太宗赵光义都曾为此做过努力。宋徽宗赵佶也有着浓重的幽云十六州情结，曾有收复幽州、云州（今大同）等北方重镇的远大抱负，但昏庸的政治和孱弱的军事，使此情结只能是梦想而已，最终酿成国破家亡身被俘的惨祸。

在北题壁

——赵佶

彻夜西风撼破扉[1]，萧条孤馆一灯微。
家山回首三千里[2]，目断天南无雁飞[3]。

【导读】

这首诗是宋徽宗赵佶被金兵俘虏后在囚禁之所的墙壁上题写的一首诗。“靖康之变”后，北宋灭亡，宋徽宗赵佶被俘，并连同其子钦宗赵桓和嫔妃、百官等三千多人被押解金国。囚禁期间，他尝尽了各种凌辱和折磨，写下了许多凄凉、哀怨的诗词。

宋徽宗在位期间，曾极力想收回幽云十六州，因其好大喜功、昏着迭出，贸然与金国签订了共同灭辽的“海上之盟”，双方约定灭辽后，宋将原给辽的岁币转贡金国，金国则将幽云十六州归还宋朝。但此盟约却为北宋的灭亡埋下了巨大隐患。辽灭亡后，北宋失去了北部边陲的天然屏障，金也在实力大增后南下一举攻破汴京，灭亡北宋。可以说，宋徽宗关于北部边疆幽州地区一系列的昏着为其后半生的悲剧埋下了伏笔。

这首诗写了他在囚禁中的凄惨景象，表达了对往昔岁月的感慨和亡国之痛的感伤，凄切哀苦，低沉悲凉，读来令人无限感伤。目前尚不能判定“在北题壁”的“北”到底是指何处，燕京延寿寺之壁？上京囚所之壁？北押途次之壁？但宋徽宗这位燕京过客的“家山回首三千里，目断天南无雁飞”，却强烈撞击着读者心扉。

本诗选自《全宋诗》卷一四九五。

【注释】

①彻：通，透。扉：门。

②家山：家乡之山，指故土、家乡、故园。

③断：一直望却看不见。天南：南方，这里指中原故土。

医巫闾[1]

——蔡珪

幽州北镇高且雄，倚天万仞蟠天东[2]。
祖龙力驱不肯去[3]，至今鞭血余殷红。
崩崖岸谷森云树，萧寺门横入山路[4]。
谁道营丘笔有神[5]，只得峰峦两三处。
我方万里来天涯，坡陀绕绕昏风沙[6]。
直教眼界增明秀，好在岚光日夕佳。
封龙山边生处乐，此山之间亦不恶。
他年南北两生涯，不妨世有扬州鹤[7]。

【导读】

《周礼·大驭》称："东北曰幽州，其山镇曰医无闾。"医无闾又名"医巫闾"，医巫闾山即广宁山，它的历史悠久，医巫闾山曾被封为北方幽州之镇山，位于今辽宁锦州西，为阴山山脉分支松岭脉的高峰，系古代幽州地域名山。清人陶玉天曾评《医巫闾》说："诗亦清切有骨。"

蔡珪见到气势雄伟、姿态万千的医巫闾山，下马观山，有感而发，写下《医巫闾》。在诗人笔下，此山仿佛被赋予了生命力，远眺峰峦翠色，近观千丈危岩。诗中还引用了"祖龙""营丘"两位历史人物的典故，进而突出医巫闾山的雄伟与神韵，即使是席卷天下、包举宇内、囊括四海的秦始皇也没能赶走医巫闾山，即使是宋代画家李成也不能画出医巫闾山万分之一的神韵。此时诗人早已离家万里，后半段诗人笔锋一转，一句"封龙山边生处乐"隐射出了诗人的思乡情绪。蔡珪作为土生土长的燕赵人士，远离家乡，即使再雄伟的山与故乡相比都是渺小的。

前半段的峥嵘岐峨的山势，后半段志在天涯的豪迈情怀，山势与气势相映生辉，诗人“不绝在天涯”的洒脱中带有缕缕思乡之情。

本诗选自《全金诗》卷三六。

【注释】

①医巫闾：同“医无闾”，古又称“于微闾”“无虑山”等。

②蟠：弯曲地伏着。

③“祖龙”二句：特指秦始皇。即使是席卷天下、包举宇内、囊括四海的秦始皇也没能赶走医巫闾山，至今医巫闾山仍然留有秦驱赶的囚徒百姓的鲜血，以此显示秦的暴政。

④萧寺：佛寺。

⑤营丘：指五代宋初画家李成，营丘人，世称“李营丘”，尤擅山水画，北宋时期被誉为“古今第一”。

⑥坡陀：山势起伏。

⑦扬州鹤：典出“腰缠十万贯，骑鹤下扬州”。形容如意逍遥之事。

蔡珪

蔡珪（？—公元1174年），字正甫，真定（今河北正定）人，金朝文学家、学者。其父蔡松年同为金代文学家、政治家，其祖父更是曾在北宋宣和年间镇守燕山，蔡珪从小就生活在幽燕一带。天德三年（公元1151年）进士，官至翰林修撰、同知制诰，终潍州刺史。珪因文名世，以辩博为长，金代诗人元好问曾在《蔡珪小传》（《中州集》卷一）中写道：“国初文士皆宋儒，自正甫为正传之宗。”蔡珪是金“国朝文派”的奠基人已成为当时文坛的共识。他的诗歌充满了雄豪之气，有着金代文学自己的风骨、神韵，还不时地流露出怀乡之情，经常会将幽燕之地的名山名城嵌进诗歌中。《医巫闾》《出居庸》是其描写幽燕风情的代表作品。

出居庸[1]

——蔡珪

乱石妨车毂[2]，深沙困马蹄。
天分斗南北，人向日东西。
侧脚柴荆短，平头土舍低。
山花三两树，笑杀武陵溪[3]。

【导读】

居庸关，得名甚早，相传秦始皇在修筑幽燕长城之时，将囚犯、士卒和强征的民夫都徙居于此，此处就有了“徙居庸徒”之称。该关位于北京昌平南口往北十公里处的军都山关沟之中，地势险要、悬崖峭壁，有“一夫当关，万夫莫开”之势。现存居庸关城是明太祖朱元璋派遣大将徐达督建的，至今仍是北京北部门户。清代之后，“居庸叠翠”也被列为“燕京八景”之一。

《出居庸》作于蔡珪自南向北行路中，途经居庸关时，看到雄关高踞、两山夹峙，一时感慨写下了这首纪行诗。该诗表达了诗人车骑艰行的苦状，然而“乱石”“深沙”也无法阻挡前进的步伐，这使得诗人不惧险途、笑对困境的性格跃然纸上。同时，为我们描绘了燕蓟特有的风景图。“马”“柴荆”“土舍”等意象更增添了北地的世外之感。

本诗选自《全金诗》卷三六。

【注释】

①居庸关：是古代“九塞”之一，今长城沿线的古关城，在今北京昌平的关沟之中。

②车毂（gǔ）：车轮。

③武陵溪：典出陶渊明《桃花源记》。

闻虏酋遁归漠北[1]

——陆游

幽州遗民款塞来，来者扶老携其孩。
共言单于远逃遁，一夕荆棘生燕台。
天威在上贼胆破，捧头鼠窜吁可哀[2]。
妄期旧穴得孳育[3]，不知天网方恢恢[4]。
老上龙庭岂不远，汉兵一炬成飞灰。
陛下中兴天所命[5]，筑坛授钺皆雄才[6]。
煌煌九霄揭日月，浩浩万里行风雷。
虢山多兽可游猎，汝不请命何归哉！

【导读】

北方遗民对宋的感情，是南宋君臣关注的一大焦点。陆游同样关注北方民心，有很多诗歌写及北方义士及遗民。本诗记载的正是由“幽州遗民”带来的金世宗回上京传闻，引发作者对于北方“虏乱”和“逃遁”的畅快淋漓之感。金大定二十四年（公元1184年）三月，年迈的金世宗“久思故乡”，便率领宗戚、大臣一行从燕京返回金国上京（今黑龙江阿城），让太子完颜允恭留守燕京。金世宗安排周密，一路游宴，往返共历时一年半，于次年九月返回燕京，沿途都很顺利，《金史·世宗本纪下》有详细记载。但此事传到陆游耳中，便成了“虏酋遁归漠北”的大好消息。陆游在诗中将金世宗巡幸上京丑化成遁逃鼠窜，还进而想象出“荆棘生燕台”的衰败景象，此之云云可惜只是想当然而已。

陆游十分关注北方金人的动向，其诗屡屡言及的北方敌情和民心多出自传闻和想象，如《闻虏乱有感》《闻虏乱次前辈韵》等，虽与史实不相符，但却表达出了诗人收复北方失地的急迫之心与深深的爱国情怀。他的满腔爱国热血还是没能逆转历史的车轮，南宋最终走向了灭亡。“王师北定中原日”成了破碎的爱国梦，但他的爱国精神却永驻华夏儿女的心间。

本诗选自《全宋诗》卷二一八。

【注释】

①虏：胡虏，古代贬称非中原的异族。酋：古代贬称敌方的首领。

②天威：天意所表现出来的使人敬畏的力量。此处是指皇帝的权威。吁：叹气。

③孳育：繁殖、生育。

④天网方恢恢：意谓天道像一张大网，作恶者逃不出这个网。方：久远、从来。恢恢：非常广大。

⑤“陛下”一句：皇帝实现国家中兴是天意所使。

⑥授钺（yuè）：授给象征权力或功勋的斧钺。钺：古代一种像斧子的武器。

陆游

陆游（公元1125年—1210年），字务观，号放翁，越州山阴（今浙江绍兴）人，南宋著名爱国诗人。有《剑南诗稿》《渭南文集》等数十部文集存世，自言“六十年间万首诗”，今尚存九千三百余首，是我国现有存诗较多的诗人。陆游自幼好学不倦，在饱经丧乱的生活中酝酿出深刻的爱国情怀。他一生仕途坎坷，经历数次起用弹劾，最终以“嘲咏风月”的罪名罢官归乡，含恨辞世。驱逐敌人，收复北方失地，统一国家，实现南宋中兴是陆游报国思想的初衷和终极目标。从他的大量爱国诗词中可以看出，陆游尊奉宋太祖赵匡胤“大宋一统”的谟训，亲自带兵上战场，希望扫蓟北，平幽燕，重整河山！“死去原知万事空，但悲不见九州同。王师北定中原日，家祭无忘告乃翁。”至今读来仍让人唏嘘不已。

江月晃重山·初到嵩山时作[1]

——元好问

塞上秋风鼓角[2]，城头落日旌旗[3]。少年鞍马适相宜[4]。
从军乐，莫问所从谁。

候骑才通蓟北[5]，先声已动辽西[6]。归期犹及柳依依[7]。
春闺月，红袖不须啼[8]。

【导读】

金宣宗兴定二年（公元1218年），作者创作了这首词。是年，元好问避兵南渡。当时金朝的山东、河北、河东诸郡已被蒙古兵来回扫荡，殆无完土。但元好问对金军收复失地仍抱有希望，故在词中显示出凯旋的乐观气概。“塞上秋风鼓角”“从军乐”写出了幽州边塞战斗场景以及年轻勇士乐于奔赴沙场杀敌立功的英雄气魄。蒙古大军刚到“蓟北”，而我方军队早已先声夺人，凯旋定在杨柳依依之时，写出了诗人对于金国军队的自信与期盼。可惜谁也无法改变历史，金最终于公元1234年走向了灭亡。元好问受耶律楚材父子之邀，两至燕京。《朝中措·芦沟河上度旃车》也是写于再次重游故国之都时，诗中描述了三十一年前雄伟壮丽的燕京，那时的元好问还是金朝士子，正前往燕京赴试。“芦沟河上度旃车”中的“芦沟河”便是指今天的永定河。而今江山易主，此时的京都已经化为一片废墟，“吴宫花草埋幽径，晋代衣冠成古丘”，那些死去的王宫旧臣埋于古墓之中，而燕京以往的繁华只能出现在梦里。

本诗选自《元好问诗词选》（中华书局，2005年）。

【注释】

①这首词作于金宣宗兴定二年（公元1218年），是年，元好问由福昌（河南宜阳）之三乡镇移居登封。

②塞上：北方边境地区的险要关口。鼓角：战鼓和号角，指军用乐器。

③旌旗：旗帜。

④“少年”一句：正是年少气盛、驰骋沙场杀敌立功的好时期。适相宜：正是时候。

⑤候骑：担任侦察巡逻的骑兵。蓟北：此指金中都，是时已被蒙古占领。

⑥先声：为震慑敌人，事先张扬声威。辽西：辽河以西，今辽宁中部。

⑦“归期”一句：用《诗经·小雅·采薇》中“昔我往矣，杨柳依依”之意。

⑧红袖：红色衣袖，喻美女。

元好问

元好问（公元1190年—1257年），字裕之，号遗山，太原秀容（今山西忻州）人。金末元初著名文学家和历史学家，文坛盟主。他的一生亲历金朝由鼎盛走向彻底崩溃以及蒙古国灭金的社会动荡过程。金崇庆元年（公元1212年）赴燕京应试受挫。贞祐元年（公元1213年）秋，蒙军分为三路大举攻金，山东、河北、山西俱无完土。贞祐二年（公元1214年）春三月，蒙古国欲乘胜破燕京，金乞和，迁都汴梁，河朔地区精英都会聚于河南，金正大元年（公元1224年）至汴京应科选，为官十年，而后闭门修《金史》。他既享受过承平时代的纨绔生活，也经受过流离失所的艰辛，既做过金廷官员，又做过蒙古国囚徒，可谓亲历国危家破、流离奔波之苦难，最终以金国遗民身份返回故园，终年六十八岁。为使金代历史不致泯灭，而纂修《金史》，成为一代史学家，同时也是金代少有的伟大文学家，被尊为“北方文雄”“一代文宗”。元好问由于在金中都（今北京）长期为官，史著、文学均有浓厚的幽燕地域情怀。

梁园春（其五）

——元好问

双凤箫声隔彩霞，宫莺催赏玉溪花[①]。
谁怜丽泽门边柳[②]，瘦倚东风望翠华[③]。

【导读】

《梁园春》看似极力铺陈当日汴京美景，却掩盖不住作者内心深处对燕都及金国鼎盛状态的深刻怀念。蒙古国皇帝成吉思汗于金卫绍王大安三年（公元1211年）二月开始发动侵金战争。金兵军纪废弛，士气低落，在蒙古铁骑的进攻下节节败退，土崩瓦解。崇庆二年（公元1213年）秋，蒙古大军分三路大举南下，围攻金朝中都燕京（今北京）。刚刚即位的金宣宗被迫遣使求和，接受了蒙古提出的极其苛刻的条件，蒙古退兵。贞祐二年（公元1214年）五月，宣宗放弃中都，南迁汴京。此诗便作于车驾汴京途中，遥想燕都的“玉溪花”“丽泽柳”，如今已无人欣赏与怜惜，只盼能再次翘望到天子的翠华，金国恢复旧业。然而这样的愿望最终还是化为了泡影，金国迁都后，蒙古军在北方更加猖獗，于次年五月便攻陷金中都，金国从此一蹶不振，迅速走向灭亡。本诗节选了五首中的最后一首，含蓄地抨击了金朝统治者的耽于逸乐，也传达了作者对于迁都的无能为力与无可奈何。

本诗选自《元好问诗编年校注》（中华书局，2011年）。

【注释】

①玉溪：龙德宫有玉溪馆。

②丽泽：金中都城西南城门名。今犹存地名，在今北京市丰台区。

③翠华：天子仪仗中的一种旌旗，旗上饰有青绿色的羽毛，常用指代天子。

出　都

——元好问

历历兴亡败局棋[①]，登临疑梦复疑非[②]。
断霞落日天无尽，老树遗台秋更悲[③]。
沧海忽惊龙穴露[④]，广寒犹想凤笙归[⑤]。
从教尽铲琼华了[⑥]，留在西山尽泪垂[⑦]。

【导读】

金宣宗贞祐三年（公元1215年）金国故都燕京被蒙古攻破。自金海陵王贞元元年（公元1153年），金海陵王完颜亮把都城从上京（今黑龙江阿城）迁到中都燕京（今北京），六十余年间，这里一直是金国的政治、经济、文化中心。蒙古窝阔台汗乃马真后二年（公元1243年）秋，元好问应蒙古国中书令耶律楚材之子耶律铸的招请，北游燕京。《出都》作于离京后的冬日，身在忻州，却满眼燕京“断霞”“落日”“老树”“遗台”的荒凉之景，也映射出作者内心的无奈与凄凉。正如诗中所言，金国兴亡的世事历历分明，本已像摆开的败局残棋，登临时却仿佛梦境，故都残破，国事已非，诗人抚今追昔，心情十分沉重。这一时期也是诗人家国情怀高涨、怀念故土诗歌集中创作的时期。从《江月晃重山·初到嵩山时作》对金国军队出军的乐观，到迁往汴京途中的《梁园春》流露恢复金国大业的美好愿望，再到此诗的故都重游、繁华不再的无限感伤，为我们勾勒出了金中都燕京从衰落到荒凉的历史图景。

诗中所提的“琼华”“西山”至今仍是北京著名的游览胜地，“琼岛春阴”更是“燕京八景”之一，今位于北海白塔山东、倚晴楼南，而这一名称的由来更是经历了几百年的历史。琼华岛由挖掘湖泊的泥土垒积而起，太湖石、松柏遍布于此。在大金时期，位于中都东北郊，金帝经常来此避暑；元代将琼华岛改名为“万寿山”，元人陶宗仪形容：“其山皆叠玲珑石为之，峰峦隐映，松桧隆郁，秀若天成。”“琼岛春阴”更成为古人对于万物复苏、大地回春的生动写照。而到明清之后，万寿山又改为“白塔山”，“琼岛春阴”也成为乾隆御笔下的“燕京八景”之一，并为此建碑，现立于白塔山东侧。

本诗选自《元好问诗词选》（中华书局，2005年）。

【注释】

①历历：清晰分明。

②登临：登山临水，泛指游览风景名胜。

③遗台：旧时留下的土台，这里指燕京都城的黄金台。

④龙穴露：神龙的居住地方也暴露出来了，比喻国家已经覆灭。

⑤广寒：传说中的月中宫殿，这里也指当时建在琼华岛上的广寒殿。凤笙：笙，一种乐器，形状像凤，因此也称“凤笙”，这里用来指皇帝的车驾仪仗。

⑥从教（jiāo）：任随，索性。琼华：琼华岛。了：全部、完结。

⑦西山：北京西郊西山，为著名游览胜地。

登蓟门用家则堂韵[①]

——汪元量

蓟门高处小凝眸[②]，雨后林峦翠欲流。
车笠自来还自去[③]，笳箫如怨复如愁。
珍珠络臂夸燕舞，纱帽蒙头笑楚囚[④]。
忽忆旧家行乐地[⑤]，春风花柳十三楼[⑥]。

【导读】

蓟门，原指古蓟城城门，代指蓟城。清代“蓟门烟树”其实就是元代古城墙的旧址，位于今北京海淀蓟门桥南元土城西城墙北段遗址上。早在商、周、秦、汉、隋、唐时代，北京就有“燕蓟”之称，又有“蓟城”“蓟州”“蓟门”“蓟北”等称谓。诗词中的“蓟门”往往是蓟城城门的泛称，指代燕蓟，即北京。汪元量作为南宋朝臣，被元军俘虏后，押解北上。到达大都之后，元世祖盛情接待，并逼迫作者担任元朝大臣。在无奈的情况下，作者担任元朝官吏，在登上蓟城（可能是元大都，也有可能是被废弃的金中都）城门之后，看着城中来往车辆，又将回忆中的江南美景和自己的窘境相对比，突出内心的悲伤和无奈。这首诗借助古人的情怀来表达自己的忧愁，借古讽今使得蓟门城中具有更多的离伤怀故之情。《登蓟门用家则堂韵》是一首直接描写北京的七言律诗。

本诗选自《全宋诗》卷三六六五。

【注释】

①蓟门：原指古蓟城城门，古诗词中的“蓟门”多代指蓟城。这里的

蓟城实际是指元大都，也可能是指被废弃的金中都（今北京西城广安门附近）。

②凝眸：意为目不转睛地看。在这里用来表达作者站在蓟门高处向远处注视的状态。眸：眼中瞳仁，泛指眼睛。

③车笠：古代多用于指贵贱贫富不移的深厚友谊方面的故事。在这里用的是原意，应该是指道路上的车子和戴着斗笠的人们。

④楚囚：春秋时被俘到晋国的楚国人钟仪，后来借指被囚禁的人，也比喻处境窘迫、无计可施的人。

⑤行乐：指消遣娱乐，游戏取乐。在这里是对南宋繁荣社会的反映。

⑥十三楼：宋代名胜，出自《南游子·游赏》。现在泛指游乐的名楼。

汪元量

汪元量（约公元1241年—1317年），字大有，号水云、水云子、楚狂，自号江南倦客、江淮倦客、倦客。主要代表作收录于《水云集》和《湖山类稿》，其中描述北京的主要有《幽州城南江乡园》《北征》《幽州会饮》《通州道中》等。幼年曾进南宋宫中嬉游，深得谢太后（宋理宗皇后）赏识，入宫中学习。后元军兵临城下，与宋幼主、谢太后等一起被俘北上。南宋灭亡后，汪元量被逼做元官，在燕京继续创作，以此来见证历史，其中对元统治的不满和对故土的思念交错纵横。在被俘北上和留元做官期间留下的诗作，更多地展示了哀怨和哀伤情绪。汪元量在被俘北上的过程中及到达元大都后，用手中之笔如实记录所见所感所思，这些关于元大都的诗文正是研究北京城市历史和城市文化的珍贵史料。

幽州城南江乡园①

——汪元量

幽州城南花满溪，秋千摇飏高复低②。
吹笙击鼓园之西③，金鞍马踏芳草堤④。
花娘满眼歌声齐⑤，今日烂醉归去兮⑥。

【导读】

幽州城，即北京城，在唐宋时称“幽州”。这里是代指元大都。汪元量被押解到元大都，被迫出仕。在元大都待的时间比较长，因此，诗人把自己的情感寄托在幽州的景物之中，从而表达对国破家亡的悲伤情怀。幽州城南的花草遍地，秋千在风中摇曳，蒙古贵族骑着马在奔跑。这样的场景本应该是欢快的，但诗人作为俘虏来到元大都，后被迫出仕，在幽州城南看着蒙古贵族们的游玩，想起江南曾经的莺歌燕舞，不禁泪流满面，悲伤痛惜，希望用酒来浇醉，这样悲伤就可以暂时得到缓解。这也透露出作者内心悲痛不已，只能借酒消愁，“烂醉归去兮”表达出了这种心情。即使烂醉也未必会消除内心的悲痛，但作者还是希望烂醉回去，因为只有这样才能使得自己不会被眼前的景象触动。幽州本是一个繁荣的地方，但因为蒙古族的占领，繁荣在作者的眼中更多的是悲伤，是愤怒，是痛惜，这也使得幽州成为无数爱国诗人悲情伤怀的地方，从唐末到南宋末年，幽州一直是汉族诗人触景生悲之地。幽州也因此成为具有爱国情怀的诗情源泉，有赞美，有欢乐，有悲伤，多彩而又丰富的文化在这里凝聚，成为北京文化繁荣发展的基础。

本诗选自《全宋诗》卷三六六九。

【注释】

①幽州：宋朝时有幽云十六州（或称“燕云十六州”）的说法。这里的“幽州”其实是指元大都，也可能是指被废弃的金中都（北京西城广安门一带）。

②飏：同“扬”，飘扬、飞扬的意思。在这里是描述秋千上下摇曳的状态。

③吹笙击鼓：笙和鼓都是乐器，“吹笙击鼓”是喻指热闹繁华的场面。作者站在幽州城南看着蒙古贵族游玩的场面，听到西面传来笙鼓之乐，但这种热闹的场面在诗人眼中是凄景悲情。

④芳草堤：长满草的小山坡。蒙古贵族骑着装有金鞍的骏马，在山坡上驻足停留，欣赏幽州城南的花草以及荡秋千的人。

⑤花娘：古代称歌女、娼妓为“花娘”。诗人看到幽州城南的场景之后想起南宋曾经歌舞升平的场面。这是通过对比突出作者心中的悲伤。

⑥今日烂醉归去兮：今天我要喝得烂醉再回去。这是作者的感慨，看到眼前的繁华，想到国破家亡，心中充满愤怒和悲情，但自己也无能为力，只希望喝醉之后，回到被囚禁的地方然后睡去，就能忘记悲伤。虽然借酒消愁愁更愁，但作者依然希望以此来缓解心中的悲痛。

望江南·幽州九日

——汪元量

官舍悄，坐到月西斜①。
永夜角声悲自语②，客心愁破正思家③。
南北各天涯④。

肠断裂，搔首一长嗟⑤。
绮席象床寒玉枕，美人何处醉黄花⑥。
和泪捻琵琶⑦。

【导读】

这是汪元量在被俘押解到大都之后所作的词，是一首借景抒情的词。“望江南”是词牌名，但也代表着诗人对江南故乡的怀恋。作者被迫担任元朝官员，坐在大都官舍里，看着夜深西沉的月亮，听到北方特有的角声，在这凄凉的夜晚，独自一人，不免会产生对江南故乡的思念。但故乡被蒙古的铁骑所破，曾经的繁荣和美好已经灰飞烟灭，自己与家乡南北相隔。一想到这里，肝肠寸断，搔发哀叹，南宋已经灭亡，而自己只是文人，不能上战场杀敌，只能在这里弹奏琵琶，泪流满面。词中最后一句是化悲情于行动，既有对蒙古的憎恨，也有对故乡的思念。整首词是在描绘幽州的情景，有冷月，有夜角，有悲曲，借景抒情，表达国已破家已亡的悲伤。被俘抵敌营，并且身在异乡却不能做异客，被俘之人只能哀叹惋惜，在月夜下弹奏悲曲。上阕描绘北方幽州之景，下阕借景抒情，词中每一句都透露出身在异乡的悲伤。这首词借幽州之景来抒国破家亡的悲情，在幽州留下了堪比杜甫《春望》的诗篇，使得幽州大地上回荡着一曲琵琶奏悲情的爱国悲曲。

本诗选自《汪元量集校注》卷五（浙江古籍出版社，2012年）。

【注释】

①官舍：古代指官府或官员居住的地方。这里指作者被押解到元大都被迫担任元朝官职。官舍之夜静悄悄，元大都之夜也静悄悄。月西斜：月亮西沉。在这里是指作者在大都官舍坐得时间很长，都到了夜深月西斜的时刻。

②角声：蒙古游牧民族的一种乐器，用牛角做成，一般是指在战场上的冲锋号。在这里是代指北方特有的角声，意指蒙古铁骑到处征战，使得作者整夜都听见号角声。

③家：在这里有两种代指，一是“大家”即南宋；一是“小家”即作者的故乡。用“家”描绘出作者忧国忧民的情怀，对国的忧愁和对家的思念显得更为透彻。

④南北各天涯：南边为灭亡的南宋和破败的家乡，北边是自己被囚禁的元大都，南北相隔数千里，作者从南被押解到北，重山叠水，路途坎坷。作者用天各一方的表述来抒发自己对国对家的怀念，处于元大都的绝望之地，依然不忘国与家，内心更加悲伤和沉重。

⑤搔首：本意是指用手搔头，焦急或若有所思。出自杜甫诗“白头搔更短”，都是表达自己的无奈。作者面对国破家亡的情景，有心杀贼却无力回天的无奈自然流露出来，用搔首的动作表达愤怒而又无可奈何的心情。

⑥美人：指南宋后宫中的嫔妃们，她们都是美人，只有她们才能睡着象牙床、抱着寒玉枕。作者借美人来意指南宋曾经的繁荣和昌盛。

⑦捻（niǎn）：这里是弹琵琶的动作，用捻更能表现出弹奏琵琶的悲伤，用手拨动着琴弦，将那种无可奈何表现得淋漓尽致。

刘守光传（节选）

——《旧五代史》

刘守光，深州乐寿人也。其父仁恭，初随父晟客于范阳[①]，晟以军吏补新兴镇将，事节度使李可举。仁恭幼多智机，数陈力于军中。李全忠之攻易、定也，别将于晏围易州[②]，累月不能拔，仁恭穴地道以陷之，军中号曰“刘窟头”，稍迁裨校[③]。仁恭志大气豪，自言尝梦大佛幡出于指端，或云年四十九当领旄节。此言颇泄，燕帅李匡威恶之，不欲令典军，改为府掾，出为景城令。属瀛州军乱[④]，杀郡守，仁恭募白丁千人讨平之，匡威壮其才[⑤]，复使为帐中爪牙，令将兵戍蔚州。兵士以过期不代，思归流怨，会李匡俦夺兄位，戍军拥仁恭为帅，欲攻幽州，比至居庸关[⑥]，为府兵所败，仁恭挈族奔于太原。武皇遇之甚厚，赐田宅以处之，出为寿阳镇将，从征吐浑。仁恭数进画于盖寓[⑦]，言幽州可图之状，愿得步骑万人，即指期可取，武皇从之。洎仁恭举兵[⑧]，屡不克捷。

……

守光性本庸昧，以父兄失势，谓天所助，淫虐滋甚。每刑人必以铁笼盛之，薪火四逼，又为铁刷劀剔人面[⑨]。尝衣赭黄袍，顾谓将吏曰：“当今海内四分五裂，吾欲南面以朝天下，诸君以为何如？”宾佐有孙鹤者，骨鲠方略之士也[⑩]，率先对曰：“王西有并、汾之患，北有契丹之虞，乘时观衅[⑪]，专待薄人，彼若结党连衡，侵我疆场，地形虽险，势不可支[⑫]，甲兵虽多，守恐不暇，纵能却敌，未免生忧。王但拊士爱民[⑬]，补兵完赋，义声驰于天下，诸侯自然推戴。今若恃兵与险，未见良图。”守光不悦，及梁军据深、冀，王镕乞师于守光，孙鹤劝守光出援军，以图霸业，守光不从。及庄宗有柏乡之捷，守光谋攻易、定，讽动镇人，欲为河朔元帅。庄宗乃与镇州节度使王镕、易定节度使王处直、昭义节度使李嗣昭、振武节度使周德威、天德军节度使宋瑶，同遣使奉册，推守光为尚父，以稔其恶⑭。守光不悟，谓藩镇畏己，仍以诸镇状送梁祖，言：“臣被晋王等推臣为尚父，坚辞不获，又难拒违。臣窃料所宜，不如陛下与臣河北道都统，则并、镇之叛，不足平殄矣。”梁祖知其诈，优答之⑮。仍命阁门使王瞳、供奉官史彦璋等使于燕，册守光为河北道采访使。

……

二十四日，四面毕攻⑯，庄宗登燕太子墓观之。俄而数骑执仁恭并其孥来献⑰，檀州游奕将李彦晖于燕乐县获守光，并妻李氏、祝氏，男继珣、继方、继祚等来献。

……

守光将死，大呼曰：“臣之误计，小喜荧惑故也，若罪人不死，臣必诉于地下。”庄宗急召小喜至，令证辩。小喜瞋目叱守光曰：“囚父杀兄，烝淫骨肉，亦我教耶！”

……

（守光伏诛）

自仁恭乾宁二年春入幽州，至天祐十年，父子相承，十九年而灭。

【导读】

刘守光，深州乐寿（今河北献县）人，他的父亲刘仁恭是李可举的镇将，曾自募军队来抗击叛军，受到后唐武皇的提拔。刘守光乘其父不在，奸淫父亲的爱妾罗氏，被其父棍打后逐出家门，因此怀恨在心。在随后一次迎击外敌的过程中，刘守光趁乱纠结心腹俘获父亲刘仁恭，将其父关押起来，并杀死兄长刘守文。刘守光还滥用酷刑，嗜杀成性。其随后竟拥兵称王，希望替代后唐的皇帝，自立为帝，这件事也成为他最后被斩杀的原因。刘守光的这些作为受到史家批判。本书选入刘守光是作为一种反面教材。古语说“百善孝为先”，刘守光是既不遵守孝道又不忠君爱国的反面典型，选之最大的意义就是教育后人，只有讲仁义、尊孝道、有道德、懂爱国，才能成为后人学习的榜样。后唐在地理位置上与幽州相邻，在李思安攻打幽州时，刘守光派兵抗击，并最终将其击退，使得幽州城免遭战火毁坏，史家对其为幽州城所做的贡献有一定程度的肯定，但更多的是对其逆天道、背人伦行为的无情批判。《北京文选》的编选者编选此文，是希望读者以此人为鉴，爱国爱家，正道直行。

本文节选自《旧五代史》卷一三五“僭伪列传”第二。

【注释】

①晟：刘晟，刘仁恭的父亲，刘守光的爷爷，这里省略姓，用名代指人。

②易州：隋唐时期的县城，为今天河北保定的易县，是靠近幽州的一处重要县城，对于保护幽州具有重要的战略地位。

③稍：逐渐。

④属：表示连接、关联，也有劝请、委托的意思。在这里表示恰逢，恰好，与下文“会”的意思相似。

⑤壮：表示佩服。

⑥居庸关：古代长城重要的关口，与山海关作用类似，有“天下九塞”之一的美称，在保卫幽州上具有重要的军事地位。

⑦仁恭数进画于盖寓：刘仁恭多次向盖寓进献谋划，这里的“画”是

作动词，表示筹划、谋划的意思。

⑧洎（jì）：有添水、加水和渗透的意思，也有及、到之意，在这里的意思是到……时，作介词。

⑨剐（guā）：表示刮、刮去，特指治疗恶疮时刮去腐肉。在这里是说刘守光用刑残酷，为人凶狠。

⑩骨鲠：正直耿介。

⑪观衅：看情形，钻空子。

⑫可支：可以支撑。

⑬拊：通“抚”。

⑭稔（rěn）：表示庄稼成熟，也有年、一年的意思。在文中是指加深，说明人们想借此来加深刘守光的罪恶程度。

⑮优答：优诏答复。指明知刘守光有野心还故意册封地，以麻痹之。

⑯毕：同时。

⑰孥（nú）：指刘仁恭的妻子和儿女。

《旧五代史》

《旧五代史》是一部官修史书，也称《梁唐晋汉周书》。开宝六年（公元973年），宋太宗诏令薛居正、卢多逊、扈蒙、张澹、刘兼、李穆、李九龄等人共同修成，历时一年半左右。自公元907年朱温代唐称帝到公元960年北宋王朝建立，中原地区相继出现后梁、后唐、后晋、后汉、后周五代王朝，及吴、南唐、吴越、楚等十个小国，《旧五代史》记载的正是这段历史。按五代王朝顺序各自成书，共一百五十卷，纪六十一、志十二、传七十七。

赵德钧　赵延寿传（节选）

——《旧五代史》

赵德钧，本名行实，幽州人也。少以骑射事沧州连帅刘守文，守文为弟守光所害，遂事守光，署为幽州军校[①]。及唐庄宗伐幽州，德钧知其必败，乃遁归庄宗。庄宗善待之，赐姓，名曰绍斌，累历郡守，从平梁，迁沧州节度使。同光三年，移镇幽州。明宗即位，遂归本姓，始改名德钧。其子延寿尚明宗女兴平公主[②]，故德钧尤承倚重。天成中，定州王都反，契丹遣特哩衮领精骑五千来援都，至唐河，为招讨使王晏球所败。会霖雨相继，所在泥淖，败兵北走，人马饥疲，德钧于要路邀之[③]，尽获余众，擒特哩衮已下首领数十人，献于京师。明年，王都平，加兼侍中，顷之，加东北面招讨使。

……

延寿，本姓刘氏。父曰邟，常山人也，尝任蓨令[④]。梁开平初，沧州节度使刘守文陷其邑，时德钧为偏将，获延寿并其母种氏，遂养之为子。延寿姿貌妍柔，稍涉书史，尤好宾客，亦能为诗。[⑤]及长，尚明宗女兴平公主。初为汴州司马，明宗即位，授汝州刺史，历河阳、宋州节度使，入为上将军，充宣徽使，迁枢密使，兼镇徐州。及高祖起义于晋阳，唐末帝幸怀州[⑥]，委延寿北伐。后高祖至潞州，延寿与父德钧俱陷北庭。未几，契丹主以延寿为幽州节度使，封燕王，寻为枢密使兼政事令。

【导读】

五代时，北方战乱频仍，政权迭次更换。幽州地区曾先后三次成为短暂割据政权前燕（慕容儁）、大燕（安禄山）和桀燕（刘守光）的都城，赵德钧及其养子赵延寿正是处于刘守光的桀燕时期。赵德钧生于幽州，初入仕途，事沧州连帅刘守文，刘守文被其弟刘守光杀害后事刘守光，任幽州军校，在此期间与赵延寿之母种氏结识，并纳延寿为其养子。后唐庄宗李存勖讨伐幽州，赵德钧认清形势归顺于他，累迁至沧州节度使，同光三年（公元925年）三月，担任卢龙节度使，镇守幽州。在幽州任职期间，不仅打通幽州城东西两侧潞县（今通州）和良乡地区的粮道，还在幽州东南开凿运河，接连蓟州，以行漕运。赵德钧在幽州十余年，施行善政，服务于民，与契丹交好，因而受到后唐明宗重用提拔，被封为北平王。清泰三年（公元936年）夏，后晋高祖起义于高阳，后唐末帝派德钧父子去乘乱邀利，后因走投无路，主动归降于契丹，并将幽州的田宅与财宝进献给契丹。契丹国母称“汝为人臣，既负其主，不能击敌，又欲乘乱邀利”，赵德钧羞愧不已而不能对，后郁郁寡欢，于天福二年（公元937年）死于契丹。

但据今考证，赵德钧之墓位于北京永定门外西马场。经后世考证推断，其养子延寿当时也被困于契丹，后契丹主为了向南扩展势力，委任赵延寿为幽州节度使，并封为燕王，其父尸体应是在那之后被带回幽州安葬的。赵德钧一生的大部分时间都在幽州度过，他的经历也影射了幽州自后唐至后晋的纷繁战乱以及少数民族契丹在幽州的活动，而他墓葬中铜钱的出土也为研究其他地区与幽州贸易关系提供了宝贵的资料。幽州城正是由这一个个鲜活的幽州人及幽州过客缔造，幽州的历史也是被一代代的幽州人及幽州过客书写。

赵德钧、赵延寿是北京城市发展史上的重要历史人物。

本文节选自《旧五代史》卷九八《晋书》二十四“列传”十三。

【注释】

①署为：被布置，被安排。

②尚：娶。

③邀：拦截。

④蓨（tiáo）令：汉置脩县，隋初改为蓨县。治所在今河北省景县南。蓨令为此地长官。

⑤亦能为诗：《太平广记》引《赵延寿传》云：延寿幼习武略，即戎之暇，时复以篇什为意，尝在北庭赋诗曰："占得高原肥草地，夜深生火折林梢。"南人闻者传之。

⑥幸：指帝王驾临某处。

上契丹事（节选）

——王曾

大中祥符六年，知制诰王曾充使，还，上契丹事。曾上七事，契丹改统和三十一年为开泰元年，以幽州为析津府。

国主弟隆裕卒①。隆裕初封吴王，后封楚国王。初奉使者止达幽州，后至中京②，又至上京，或西凉淀、北安州③、炭山、长泊。自雄州白沟驿渡河，四十里至新城县，古督亢亭之地，又七十里至涿州。北度涿水④、范水、刘李河，六十里至良乡县。度卢孤河，六十里至幽州，伪号燕京。子城就罗郭西南为之，正南曰启夏门，内有元和殿、洪政殿，东门曰宣和，城中坊门皆有楼。有悯忠寺，本唐太宗为征辽阵亡将士所造。又有开泰寺，魏王耶律汉宁造。皆邀朝士游观。城南门内，有于越王廨，为宴集之所。门外永平馆，旧名碣石馆⑤，请和后易之。南即桑干河。

出北门，过古长城、延芳淀，四十里至孙侯馆，后改为望京馆，稍移故处。望楮谷山、五龙池，过温余河、大夏坡，西北即凉淀，避暑之地。五十里至顺州⑥。东北过白屿河，北望银冶山，又有黄罗螺盘、牛栏山⑦。七十里至檀州，自此渐入山，五十里至金沟馆。将至馆，川原平广，谓之金沟淀⑧，国主尝于此过冬。自此入山，诘曲登陟，无复里堠，但以马行记日景，而约其里数。过朝鲤河，亦名七度河。九十里至古北口⑨，两旁峻崖，中有路，仅容车轨，口北有铺，彀弓连绳，本范阳防扼奚、契丹之所，最为隘束。然幽州东趋营、平州，路甚平坦，自顷犯边，多由斯出。

又度德胜岭，盘道数层，俗名思乡岭，八十里至新馆。过雕窠岭、偏枪岭，四十里至卧如馆，盖山中有卧佛像故也。过乌滦河，东有滦州，因河为名。又过墨斗岭，亦名度云岭，长二十里许。又过芹菜岭，七十里至柳河馆。河在馆旁，西北有铁冶，多渤海人所居，就河漉沙石，炼得铁。渤海俗，每岁时聚会作乐，先命善歌舞者数辈前行，士女相随，更相唱和，回旋宛转，号曰踏锤。所居屋，皆就山墙开门。过松亭岭，甚险峻。七十里至打造部落馆。有蕃户百余，编荆篱，锻铁为兵器。东南行，五十里至牛山馆。八十里至鹿儿峡馆。过虾蛤岭，九十里至铁浆馆。过石子岭，自此渐出山。七十里至富谷馆，居民多造车者，云渤海人。

东望马云山，山多鸟兽材木，国主多于此打围。八十里至通天馆，二十里至中京大定府[10]。城坦庳小，方圆才四里许。门但重屋，无筑阇之制。南门曰朱夏，门内夹道步廊，多坊门。又有市楼四：曰天方、天衢、通阛、望阙。次至大同馆。其北正门曰阳德、阊阖。城内西南隅岗上有寺。城南有园圃，宴射之所。

自过古北口即蕃境，居人草庵板屋，亦务耕种，但无桑柘。所种皆从垄上，盖虞吹沙所壅。山中长松郁然，深谷中多烧炭为业。时见畜牧，牛马橐驼[11]，尤多青羊黄豕，亦有挈车帐逐水草射猎。食止糜粥粆糒[12]。

【导读】

燕云十六州，又称“幽云十六州”，包括燕（幽）、蓟、云、蔚等，在今北京、山西及河北北部地区。辽天福三年（公元938年），后晋石敬瑭为获契丹支持其称帝，将燕云十六州割让给契丹，使得辽国的疆域不断扩展，并成为中原地区的最大威胁，收复燕云成为北宋的基本国策。宋太宗太平兴国四年（公元979年）移师幽州，力图收复幽州，在高梁河（今北京西直门外）展开激战，却两战皆北，太宗本人也因此负伤，只身乘坐驴车逃回。此后，宋对辽不得不采取守势。景德元年（公元1004年）契丹大军南下，兵锋直指宋都开封，在宰相寇准的坚持下，宋真宗御驾亲征，将士一鼓作气，击退敌军，双方签订了“澶渊之盟”，之后宋辽边境长期处于相对稳定的状态。

《上契丹事》作于“澶渊之盟”前后，王曾作为北宋使节出使契丹，并凭借自己的聪明才智，不辱使命，化解了外交危机，维护了国家尊严。《上契丹事》是王曾亲历见闻，为我们勾画出宋使节出使契丹的大概行程，而幽州作为契丹的重要城市也多有记述。例如，“子城就罗郭西南为之，正南曰启夏门，内有元和殿、洪政殿，东门曰宣和，城中坊门皆有楼”“有悯忠寺，本唐太宗为征辽阵亡将士所造。又有开泰寺，魏王耶律汉宁造”“门外永平馆，旧名碣石馆，请和后易之”，描写的正是幽州城（当时辽称其为“析津府”）的布局和建筑。这些记载极为珍贵，是我们研究北京城市发展史的重要一手材料。从《上契丹事》中还可以了解幽州地区契丹的风俗、民居、饮食等。“居人草庵板屋，亦务耕种，但无桑柘”“食止糜粥粆糒”，则带有浓郁的民族特色和地域风情。《上契丹事》作为历史上为数不多的直接描写幽州区域的真实见闻的史料遗存，为我们深入地了解幽州的历史地理、农牧业及社会生活，勾勒出了一个更加清晰的轮廓。

本文节选自《五代宋金元人边疆行记十三种疏证稿》之《王曾〈上契丹事〉疏证稿》。

【注释】

①隆裕：辽国主之弟，辽统和十六年（公元998年）十二月晋封为吴王。

②中京：今内蒙古自治区赤峰市宁城县大明镇。

③北安州：北安州故城在今河北省丰宁县。

④涿水：涿州河流名。

⑤碣石馆：唐以来名“碣石”，后名改“永平”，希望符合双方和好之义。

⑥顺州：今北京市顺义区。

⑦牛栏山：在今北京顺义，潮白河北岸。

⑧金沟淀：在今北京密云水库附近。

⑨古北口：位于今北京密云，为古代长城重要关隘。

⑩中京大定府：今内蒙古自治区宁城县，辽统和二十五年（公元1007年）建成，为辽王驻跸之所。

⑪橐（tuó）驼：即骆驼。

⑫糜粥：肉粥。粆（chǎo）精（bèi）：炒米、炒面。

王曾

王曾（公元978年—1038年），字孝先，青州益都（今山东青州）人，北宋仁宗时著名政治家、外交家、文学家。王曾少时孤苦，善为文辞。咸平年间，王曾连中“三元”（科举考试中乡试、会试、殿试的第一名分别称为解元、会元、状元），以将作监丞通判济州，为官一任，建树一方，朝野皆重。景祐元年（公元1034年），召为枢密使，次年再次拜相，封沂国公。宋真宗大中祥符五年（公元1012年），王曾奉诏以主客郎中兼知制诰身份出为辽主生辰使。在辽百般刁难下，王曾不辱使命，维护了宋朝的尊严。次年，王曾回到中原，向真宗上奏契丹事，共上呈七件事，除了现仍流传于世的，即被俗称为《上契丹事》的一事外，其他六事尽佚。《上契丹事》主要是记录了出使契丹行经的路线和在燕云十六州的所见所闻，为认识那时的我国北方地区，特别是燕京幽州地区的自然状况、历史地理、社会生活、风土人情等，提供了生动形象的第一手材料。

燕太子丹遣荆轲刺秦王（节选）

——《资治通鉴》

（秦王政）二十年。

（太子丹易水送别荆轲）

荆轲至咸阳，因王宠臣蒙嘉卑辞以求见①。王大喜，朝服，设九宾而见之。荆轲奉图而进于王，图穷而匕首见，因把王袖而揕之②；未至身，王惊起，袖绝。荆轲逐王，王环柱而走。群臣皆愕，卒起不意，尽失其度。而秦法，群臣侍殿上者不得操尺寸之兵，左右以手共搏之，且曰："王负剑③！"负剑，王遂拔以击荆轲，断其左股。荆轲废，乃引匕首擿王④，中铜柱。自知事不就，骂曰："事所以不成者，以欲生劫之，必得约契以报太子也！"遂体解荆轲以徇。王于是大怒，益发兵诣赵，就王翦以伐燕，与燕师、代师战于易水之西，大破之。

（秦王政）二十一年。

冬，十月，王翦拔蓟，燕王及太子率其精兵东保辽东⑤，李信急追之。代王嘉遗燕王书，令杀太子丹以献。丹匿衍水中，燕王使使斩丹，欲以献王，王复进兵攻之。

……

（秦王政）二十五年。

大兴兵，使王贲攻辽东，虏燕王喜。

（燕灭）

【导读】

秦王政二十年，即公元前227年，燕太子丹派荆轲去面见秦王，从而借机刺杀秦王，虽然没有成功，却留下了家喻户晓的千古佳话。荆轲刺秦王，引发秦王派王翦大举攻燕。代王嘉写信劝燕王喜斩杀太子丹以求和。但秦国并未停止灭燕的步伐，秦王政二十五年，即公元前222年，秦国终于俘获燕王喜，燕国灭亡。第二年，秦灭齐，统一六国。今天的北京属于古代燕国，荆轲刺秦王的悲壮故事，在幽燕大地广泛传诵。北京的每一寸土地上都流淌着勇士的鲜血，这种不畏强暴保家卫国的精神，使得北京这座燕国都城的历史地位和历史形象得到极大的提升。北京人民世代怀念燕太子丹，并且敬重荆轲、田光等义士。

本文节选自《资治通鉴》卷七“秦纪”二。

【注释】

①因：经过、经由、通过。

②揕（zhèn）：用刀剑刺，这里是荆轲用匕首刺秦王。

③负：指用背载物，这里是群臣提醒秦王将宝剑背到背上好从肩上抽出。

④擿（zhì）：投掷，是描述荆轲把匕首向秦王投掷，想以此杀死秦王，以报答燕太子的恩情。

⑤保：这里是说燕王带领精兵向东退保辽东地区。

《资治通鉴》

《资治通鉴》是司马光的代表作品，是我国历史上的一部编年体通史。书中总结出许多经验教训，供统治者借鉴，宋神宗认为此书“鉴于往事，有资于治道”。司马光著此书也希望“鉴前世之兴衰，考当今之得失”。全书共二百九十四卷，历时十九年完成，主要以时间为纲，事件为目，记事从周威烈王二十三年（公元前403年）开始到五代后周世宗显德六年（公元959年），涵盖十六朝共一千三百六十二年的历史。内容以政治、军事的史实为主，借以展示历代君臣治乱、成败、安危之迹作为历史的借鉴，警醒后世。其中对北京的描述主要集中在“秦纪”“宋纪”“唐纪”“后唐纪”等中，主要描述的也是关于北京地区的政治文化和社会风俗，反映出不同时代的政治经济和社会发展状况。《资治通鉴》是一部有较多篇章关涉北京地区重大历史事件的重要史著。

玄宗本纪·安史之乱（节选）

——《新唐书》

玄宗至道大圣大明孝皇帝讳隆基，睿宗第三子也。母曰昭成皇后窦氏。性英武，善骑射，通音律、历象之学。始封楚王，后为临淄郡王。累迁卫尉少卿、潞州别驾①。

……

（天宝十四年）十一月，安禄山反，陷河北诸郡。范阳将何千年杀河东节度使杨光翙。壬申，伊西节度使封常清为范阳、平卢节度使，以讨安禄山。丙子，至自华清宫。九原郡太守郭子仪为朔方军节度副大使②，右羽林军大将军王承业为太原尹，卫尉卿张介然为河南节度采访使，右金吾大将军程千里为上党郡长史，以讨安禄山。丁丑，荣王琬为东讨元帅，高仙芝副之。

十二月丁亥，安禄山陷灵昌郡。辛卯，陷陈留郡，执太守郭纳，张介然死之。癸巳，安禄山陷荥阳郡，太守崔无诐死之。丙申，封常清及安禄山战于罂子谷③，败绩。丁酉，陷东京，留守李憕、御史中丞卢弈、判官蒋清死之。河南尹达奚珣叛降于安禄山。己亥，恒山郡太守颜杲卿败何千年，执之，克赵、巨鹿、广平、清河、河间、景城、乐安、博平、博陵、上谷、文安、信都、魏、邺十四郡。癸卯，封常清、高仙芝伏诛。哥舒翰持节统领处置太子先锋兵马副元帅，守潼关④。甲辰，郭子仪及安禄山将高秀岩战于河曲，败之。戊申，荣王琬薨。壬子，济南郡太守李随、单父尉贾贲、濮阳人尚衡以兵讨安禄山。是月，平原郡太守颜真卿、饶阳郡太守卢全诚、司马李正以兵讨安禄山。

……

（天宝十五年）六月癸未，颜真卿及安禄山将袁知泰战于堂邑，败之。贺兰进明克信都。丙戌，哥舒翰及安禄山战于灵宝西原，败绩。是日，郭子仪、李光弼及史思明战于嘉山，败之。辛卯，蕃将火拔归仁执哥舒翰叛降于安禄山，遂陷潼关、上洛郡。甲午，诏亲征。京兆尹崔光远为西京留守、招讨处置使。丙申，行在望贤宫。丁酉，次马嵬[5]，左龙武大将军陈玄礼杀杨国忠及御史大夫魏方进、太常卿杨暄。赐贵妃杨氏死。是日，张巡及安禄山将翟伯玉战于白沙埚，败之。己亥，禄山陷京师。辛丑，次陈仓。闲厩使任沙门叛降于禄山。丙午，次河池郡。剑南节度使崔圆为中书侍郎、同中书门下平章昌事。

……

赞曰：睿宗因其子之功，而在位不久，固无可称者。呜呼，女子之祸于人者甚矣！自高祖至于中宗，数十年间，再罹女祸[6]，唐祚既绝而复续，中宗不免其身，韦氏遂以灭族。玄宗亲平其乱，可以鉴矣[7]，而又败以女子。方其励精政事，开元之际，几致太平，何其盛也！及侈心一动，穷天下之欲不足为其乐，而溺其所甚爱，忘其所可戒，至于窜身失国而不悔[8]。考其始终之异，其性习之相远也至于如此。可不慎哉！可不慎哉！

【导读】

唐玄宗在执政前期是一个非常有作为的君主。但在开创了“开元盛世”之后，逐渐开始满足了，沉溺于享乐之中，没有了先前的励精图治精神，也没有锐意改革时的节俭之风了。正直的宰相张九龄等人先后被罢官，李林甫坐上了相位。李林甫虽然嫉贤妒能，但自身对边将还是很有威慑力与控制力的。李林甫病死后，杨国忠掌权，杨国忠连李林甫都不如，逐渐控制不了以安禄山、史思明等为代表的边境节度使。唐玄宗沉迷声色，后纳自己的儿媳——寿王李瑁的妃子杨玉环为己妃。杨氏美貌绝伦，精通音律，擅长歌舞，深得玄宗欢心，“从此君王不早朝”。身兼三镇节度使的安禄山心怀叵测，拜给杨贵妃做干儿子，唐玄宗对安禄山更是恩宠有加。唐玄宗对当时人人皆知的安禄山的谋反之心不予重视，最后导致长达八年的“安史之乱”（公元755—763年）将唐朝从盛极推向深渊。本文从唐玄宗传记的角度记录了爆发于北京的“安史之乱”为祸之烈及唐政府的应对情况。

本文节选自《新唐书》卷六“本纪”五。

【注释】

①累：表示堆积、积累、重叠；也表示连续多次、屡次。这里是说玄宗为郡王时凭借功绩，晋升卫尉少卿。

②郭子仪：山西太原人，唐代著名的政治、军事家，在平定安史之乱中功不可没，光复长安、收复河北，对保护幽州也做出了重要的贡献，后被封为汾阳侯。

③罂（yīng）子谷：地名，安史之乱时，唐朝大将封常清在这里被安禄山军队打得大败。

④潼关：陕西省的一处军事关口，是中华十大关之一，北临黄河，地理位置重要，是扼守唐朝都城西安的要塞。

⑤马嵬（wéi）：地名。唐朝大将陈玄礼等逼迫玄宗处死贵妃杨玉环，这里正是杨贵妃缢死的地方。李商隐曾作诗《马嵬二首》。

⑥罹（lí）：遭遇、遭受（忧患、苦难）。在这里，作者对于因女子误国的批判，既有感慨也有指责，希望宋朝君王不要重蹈覆辙。

⑦鉴：古代盛水的大盆，后比喻镜子，延伸为照镜子、照视，也作察看、审察，多用作借鉴之意。玄宗平定韦氏祸乱，本来可以作为借鉴，但又自蹈覆辙，“败以女子”。表现出作者狭隘的“红颜祸水观”。

⑧窜：逃跑、放逐的意思，也表示删改。文中表示流亡，是对玄宗流亡

失国的感慨，尤其后面的两次重复“可不慎哉”，更表示出对玄宗的惋惜。

《新唐书》

《新唐书》是一部纪传体的断代史书，由北宋欧阳修、宋祁、范镇、吕夏卿等人合撰，全书一共二百二十五卷，修史前后历经十七年，于宋仁宗嘉祐五年（公元1060年）完成。在《旧唐书》的基础上，采用新的体例和笔法，使得风格比《旧唐书》更加严谨，归纳整理得更加清晰明了。《新唐书》增加了“兵志”“选举志”，系统阐述了唐代府兵等军事制度和科举制度，是我国正史体裁史书的一大创举，被以后各朝史书沿用，对于研究我国古代军事制度的演变具有重要的借鉴意义。《新唐书》记载了唐朝的典章制度，对唐朝的经济生活也有详细的描述，在“食货志”中补充了《旧唐书》没有的史料，尤其增加了关于唐朝物产分布、水利设施等情况的描述。《新唐书》关于北京的更多是皇帝出游及与北方少数民族关系的记载，对于我们了解唐朝对待与幽州关系密切的少数民族的态度和政策，以及幽州城的历史发展都具有重要的参考价值。其中“安史之乱”的描写直接关系北京。

辽义宗耶律倍传（节选）

——《辽史》

义宗，名倍，小字图欲，太祖长子，母淳钦皇后萧氏。幼聪敏好学，外宽内挚。神册元年春，立为皇太子。时太祖问侍臣曰："受命之君，当事天敬神。有大功德者，朕欲祀之，何先？"皆以佛对。太祖曰："佛非中国教。"倍曰："孔子大圣，万世所尊，宜先。"太祖大悦，即建孔子庙，诏皇太子春秋释奠[①]。

尝从征乌古、党项，为先锋都统，及经略燕地。太祖西征，留倍守京师，因陈取渤海计。天显元年，从征渤海。拔扶余城，上欲括户口，倍谏曰："今始得地而料民，民必不安。若乘破竹之势，径造忽汗城，克之必矣。"太祖从之。倍与大元帅德光为前锋，夜围忽汗城，大諲譔穷蹙[②]，请降。寻复叛，太祖破之。改其国曰东丹，名其城曰天福，以倍为人皇王主之。仍赐天子冠服，建元甘露，称制，置左右大次四相及百官，一用汉法。岁贡布十五万端，马千匹。上谕曰："此地濒海，非可久居，留汝抚治，以见朕爱民之心。"驾将还，倍作歌以献。陛辞，太祖曰："得汝治东土，吾复何忧。"倍号泣而出。遂如仪坤州[③]。

未几，诸部多叛，大元帅讨平之。太祖讣至，倍即日奔赴山陵。倍知皇太后意欲立德光，乃谓公卿曰："大元帅功德及人神，中外攸属，宜主社稷。"乃与群臣请于太后而让位焉。于是大元帅即皇帝位，是为太宗。太宗既立，见疑，以东平为南京，徙倍居之，尽迁其民。又置卫士阴伺动静。倍既归国，命王继远撰《建南京碑》，起书楼于西宫，作《乐田园诗》。唐明宗闻之，遣人跨海持书密召倍。倍因畋海上[④]。使再至，倍谓左右曰："我以天下让主上，今反见疑；不如适他国，以成吴太伯之名。"立木海上，刻诗曰："小山压大山，大山全无力。羞见故乡人，从此投外国。"携高美人，载书浮海而去。

……

论曰：自古新造之国，一传而太子让，岂易得哉？辽之义宗，可谓盛矣！然让而见疑，岂不兆于建元称制之际乎[⑤]？斯则一时君臣昧于礼制之过也。束书浮海，寄迹他国，思亲不忘，问安不绝，其心甚有足谅者焉。观其始慕泰伯之贤而为远适之谋，终疾陈恒之恶而有请讨之举，志趣之卓，盖已见于早岁先祀孔子之言欤。善不令终，天道难诘[⑥]，得非性卞嗜杀之所致也？虽然，终辽之代，贤圣继统，皆其子孙。至德之报，昭然在兹矣。

【导读】

耶律倍又名耶律突欲，被后唐赐名李赞华，是辽太祖耶律阿保机的长子，辽太宗耶律德光的长兄，辽世宗耶律阮的父亲。自幼聪颖好学，深得阿保机的喜爱和器重，辽神册元年（公元916年）被立为皇太子，辽天显元年（公元926年）封为东丹王，称"人皇王"或"义宗"。耶律德光即位后对让位的兄长耶律倍施以严密的控制和监视。辽天显五年（公元930年）耶律倍弃辽投奔后唐，辽天显十一年（公元936年）后唐发生政变，耶律倍遇害，葬显陵。本文描述的就是耶律倍的生平事迹，他崇尚中原的儒家思想，对中原文化有着深刻的理解，其中备受世人称赞的是他的"让国"行为以及他的孝心和爱国之情，其深谙孔孟之道，懂得"泰伯让国"的至德和儒家的忠孝之礼。文章虽仅仅描述了迁东丹国于南京后被太宗猜疑而弃国奔后唐的事迹，但却展现出耶律倍深受道家玄学的影响，表现出罕见的隐忍和退让，这也是文章最后评论赞美的所在。

耶律倍曾“经略燕地”，这位汉化的契丹贵族，对北京城市文化发展有重要贡献，在燕京之地倡导契丹族与汉族的民族融合，影响较大。

本文节选自《辽史》卷七二“列传”二。

【注释】

①释奠：致礼祭奠，是汉族祭祀天地和先祖的仪式，在这里是辽太祖对耶律倍学习汉文化的肯定和奖赏。

②蹙：紧迫、窘迫、逼迫，也表示减缩、收缩。这里是指大諲（yīn）譔（zhuàn）走投无路的窘迫。

③仪坤州：契丹右大部地，是当时辽朝的一个重要地方，太祖和天皇后都葬于此，是辽朝先祖埋葬的地方。

④畋（tián）：狩猎、耕种。这里描述耶律倍在海上游猎。

⑤岂不兆于：这是一种语气的表达，表示难道不是，带有疑问的语气，但更多的是对耶律倍被害的无奈和可惜。

⑥善不令终，天道难诘：有善行却不得始终，天道责难他。这是作者的评论，对耶律倍赞扬的同时也表达了对契丹制度的蔑视，更表达出作者对契丹贵族学习汉族文明不透彻的感慨。

《辽史》

《辽史》是一部记录辽朝历史的纪传体史书。由元朝宰相脱脱主持编撰，由元至正元三年（公元1343年）四月开始，翌年（公元1344年）三月完成，比《金史》早八个月。《辽史》共一百一十六卷，包括本纪三十卷，志三十二卷，表八卷，列传四十五卷，另附国语解一卷。记载上自辽太祖耶律阿保机建国，下至辽天祚帝耶律延禧被金国俘虏的辽朝二百一十八年的历史（公元907年—1125年），还包括耶律大石所建立的西辽近百年历史（公元1124年—1218年），描述辽朝的契丹贵族和汉族大臣的人情风貌，记载契丹的政治制度、经济演变、文化融合和军事情况。此书对于研究北京的政治、经济、社会、文化具有重要的历史意义。尤其是在辽定都上京以后，与南京（今北京）有着密切的联系，从而沟通了这一广阔地区的经济和文化，对我们考究北京地区的民族文化融合和政治经济的演变历史具有重要的参考价值，是值得研究北京的学者深入探究的史料之一。

海陵本纪（节选）

——《金史》

废帝海陵庶人亮，字元功，本讳迪古乃，辽王宗幹第二子也。母大氏。天辅六年壬寅岁生。天眷三年，年十八，以宗室子为奉国上将军，赴梁王宗弼军前任使，以为行军万户[①]，迁骠骑上将军。皇统四年，加龙虎卫上将军，为中京留守，迁光禄大夫。为人僄急[②]，多猜忌[③]，残忍任数。初，熙宗以太祖嫡孙嗣位，亮意以为宗干太祖长子，而己亦太祖孙，遂怀觊觎。在中京，专务立威，以厌伏小人[④]。猛安萧裕倾险敢决，亮结纳之，每与论天下事。裕揣知其意，因劝海陵举大事，语在《裕传》。

……

二月庚申，上自中京如燕京。三月辛亥，上至燕京，初备法驾，甲寅，亲选良家子百三十余人充后宫。乙卯，以迁都诏中外。改元贞元。改燕京为中都，府曰大兴，汴京为南京[⑤]，中京为北京[⑥]。丙辰，以司徒徒单恭为太保、领三省事，平章政事萧裕为右丞相兼中书令，右丞张浩、左丞张通古为平章政事，参知政事张中孚为左丞，萧玉为右丞，平章政事李德固为司空，左宣徽使刘萼为参知政事，枢密副使昂为枢密使，工部尚书仆散师恭为枢密副使。四月辛酉，以右宣徽使纥石烈撒合辇等为贺宋生日使。辛未，特封唐括定哥为贵妃。戊寅，皇太后大氏崩。

……

甲午，会舟师于瓜洲渡，期以明日渡江。乙未，浙西兵马都统制完颜元宜等军反，帝遇弑，崩，年四十。

……

乃诏降为海陵庶人，改葬于山陵西南四十里。

【导读】

金太祖完颜阿骨打在会宁建立金之后，与北宋徽宗签订“海上之盟”，向辽宣战，于金天会三年（公元1125年）灭辽，并且在金天会五年（公元1127年）灭北宋。之后，从海陵王完颜亮迁都中都大兴府（今北京）到金哀宗天兴三年（公元1234年）被蒙古所灭，金作为少数民族政权统治中国北方一百多年。《金史·海陵本纪》详尽记述了海陵王的一生，包括他一生的功过得失，尤其对于海陵王迁都中都燕京后的描述，褒贬各半。一方面客观地评价海陵王的贡献，另一方面对海陵王的残忍荒淫多有批评，体现了史家的客观公正。文章对海陵王迁都燕京的行为给予了较高评价。该举措，使得金成为入主中原、定都北京的少数民族之一，不但对北京城市发展具有重要的意义，而且对金朝本身的发展也具有重要的作用。北京也从这时，逐渐成为王朝的都城，北京都城的历史地位也逐渐被确立起来。节选部分只涉及海陵王一生较少的历史史实，希望读者能管中窥豹。

本文节选自《金史》卷五“本纪”第五。

【注释】

①以为：在这里是“以之为”的省略，意思是让他做行军万户。

②僄（piào）：轻薄、轻佻、轻快、敏捷，是指海陵王机智敏捷，并不完全是贬义。

③多猜忌：疑心病重，多猜疑。

④厌伏：倾倒伏地，折服之意，文中是指纵容小人。海陵王在中京通过纵容小人来树立威望，从而为刺杀熙宗、自立为帝做准备。

⑤汴京：今河南开封，宋朝都城，称“汴梁”“东京”，是我国历史上重要的古都。金灭北宋之后，在汴京建立府邸，金宣宗在位，为了躲避

蒙古，迁都汴京。

⑥北京：海陵王迁都大兴府以后，改燕京为中都，改中京大定府为北京，不是指今天的北京。

《金史》

《金史》撰成于元代，是一部纪传体史书。全书分为本纪、志、表、列传四部分，共计一百三十五卷。本纪十九卷，志三十九卷、表四卷、列传七十三卷。最早是在元世祖中统二年（公元1261年）商议修订，但由于各种原因而被逐渐搁置。元顺帝至正三年（公元1343年），元朝开始修撰三部史书，分别为《辽史》《宋史》《金史》，翌年（公元1344年）十一月，历时一年零八个月，《金史》告成。元朝脱脱在辞相后，与左丞相等人一起编撰，脱脱任三史都总裁，主持修编。《金史》是三史中最好的一部，记载上起阿骨打出生并改女真族为金，建立金国，下至金哀宗天兴三年（公元1234年）金灭亡，共一百六十六年历史。其中从海陵王迁都中都大兴府（今北京）之后，《金史》开始更多地记载北京的政治、经济、文化等，成为对研究北京历史文化具有重要价值的史籍。金海陵王完颜亮后来虽然被部下所杀，并被废帝号贬为庶人，但他仍是北京城市发展史上有着突出贡献的历史人物。

燕云奉使录（节选）

——赵良嗣

宣和二年春二月，诏遣中奉大夫、右文殿修撰赵良嗣假朝奉大夫[①]，由登州泛海使女真，忠训郎王瓌副之。以计议依祖宗朝故事，买马为名，因议约夹攻契丹，取燕、蓟、云、朔等旧汉地，复归于朝廷。元奉密旨令面议，别不曾赍文字前去[②]。

三月二十六日，自登州泛海，由小谢驰基末岛棋子滩东城会口皮囤岛。四月十四日抵苏州关下，会女真已出师，分三路趋上京[③]。良嗣自咸州会于青牛山。谕令相随，看攻上京城破，遂与阿骨打相见于龙冈，致议约之意。大抵以燕京一带，本是旧汉地。欲相约夹攻契丹，使女真取中京，本朝取燕京一带。阿骨打令译者云："契丹无道，我已杀败。应系契丹州域，全是我家田地。为感南朝皇帝好意，及燕京本是汉地，特许燕、云与南朝，候三四日便引兵去。"良嗣对："契丹无道，运尽数穷，南北夹攻，不亡何待。贵国兵马去西京甚好。自今日议约既定，只是不可与契丹议讲和。"阿骨打云："自家既已通好，契丹甚闲事，怎生和得，便来乞和，须说与已共南朝约定与了燕京，除将燕京与南朝[④]，可以和也。"良嗣对："今日说约既定，虽未设盟誓天地鬼神，实皆照临不可改也。"食罢，约入上京，看契丹大内居室，相与上马并辔[⑤]，由西偏门入，并乘马过五銮、宣政等殿。遂置酒于延和楼。良嗣有诗云："建国旧碑胡日暗，兴王故地野风乾。回头笑谓王公子，骑马随军上五銮。"遂议岁赐。良嗣许三十万，却云："契丹时，燕京不属南朝，犹自与五十万。如今与了燕京，如何只三十万？"辩论久之，卒许契丹旧数。

良嗣问阿骨打："燕京一带旧汉地、汉州则并西京是也？"

阿骨打云："西京地本不要，止为去拿阿适辽天祚帝小字，须索一到，若拿了阿适，也待与南朝。"良嗣又言："平、营本燕京地，自是属燕京地分。"高庆裔云："今所议者，燕地也，平、滦自别是一路[7]。"阿骨打云："书约已定，更不可改。本国兵马已定八月九日到西京，使副到南朝便教起兵相应。"辄归，且言缘在军上，不及遣使前去，止以事目一纸付良嗣回。约女真兵自平州松林趋古北口，南朝兵自雄州趋白沟夹攻，不可违约，不如约则难依已许之约，以二百骑护送东归。过铁州，遣人走马追及，别有事商量，请使副回相见。

良嗣回至女真所居阿木火，阿骨打言："本约到西京以兵相应，却为牛疫死，且回。候来年约日同举，为恐失信，请使副见。"杨仆谕云："郎君们意思不肯将平州画断作燕京地分，此高庆裔所见，如此须着个方便。后来与粘罕议事，谕以两朝议约既定，务在明白，庶免异时计较。"粘罕问："有几事？"对以："将来举军之后，北兵不得过松亭、古北、榆关之南，免致两军相见不测纷争，此最大事，一也；其地界至临时可以理会，且先以古北、松亭及平州东榆关为界，此其二也；要约之后[8]，不可与契丹讲和，此三也；西京管下，为恐妨收捉阿适道路，所有蔚、应、朔三州最近于南界，将来举兵欲先取此三州，其余西京、归化、奉圣等州候拿了阿适，回日然后交割，四也；两国方以义理通好，将来本朝取了燕京，却要系官钱物，此无义理，可便除去，五也；事定之后，当于榆关之东置榷场，六也。"粘罕云："所言都好，但蔚、应州亦恐阿适走去彼处，候我家兵马到日来商量，所要系官财物，曾思量来也，系不是，便待除去。"粘罕、兀室云："我皇帝从上京到了，必不与契丹讲和，昨来再过上京，把契丹墓坟、宫室、庙像一齐烧了，已教契丹断了通和底公事，而今契丹更有甚面目来和也？千万必不通和[9]，只是使副到南朝奏知皇帝。不要似前番一般，中间里断绝了，我亦曾听得数年前，童贯将兵到边，只恁空回[10]。”对以：“此探报传言之误。若是实曾领兵上边，只恁休得郎君，亦莫轻信。”粘罕大喜，云：“两家都如此，则甚好，若要信道，将来必不与契丹通和。”待于回去底国书内写着：“打球、射柳。”及所在宴饮，必召同集，及令上京俘获契丹吴王妃作舞、献酒。且言此是契丹男媳妇，且教与自家劝酒，要见自家、两国欢好。阿骨打与良嗣把盏酬酢，曰：“契丹煞大国土，被我杀败，我如今煞是大皇帝，昨来契丹要通和，只为不著做兄弟，以至领兵讨伐。自家、南朝是天地齐生底国主皇帝，有道有德，将来只恁地好相待通好，更不争要做兄弟。这个事是天教做，不恁地，后怎生隔著个恁大海，便往来得，我从生来不会说脱空，今日既将燕京许与南朝，便如我自取得，亦与南朝。”

于是差使副以攻破上京，俘获盐铁使苏寿吉来献，其意以为即以燕地割隶中朝，以寿吉本燕人，故献之。仍以质留刘亮等六人，及因风吹逐刀渔船，于立等兵级二十人并交付良嗣还朝。

【导读】

《燕云奉使录》是赵良嗣在出使金的时候对自己的所见所闻进行的实录，文中，他描述了燕云的地理、政治、社会和风俗。从中可以看出，幽云的地位特别重要，而却被辽占据，他希望北宋能够完全收复被后晋石敬瑭割让给辽的幽云十六州。出使金的过程，也使得他更加了解宋、辽、金之间的复杂关系。赵良嗣积极主张并躬身践行宋金联合灭辽之策，他希望通过此举能把历史上长期属于中原政权的幽云十六州重新纳入大宋版图。赵良嗣对幽州充满热爱，虽然他是名义上的辽族，但他更希望认祖归宗，希望中华文明在幽州得到发扬。赵良嗣是为北京发展做出过历史性贡献的燕地人物。

本文节选自《宋元地理史料汇编》之《三朝北盟汇编·燕云奉使录》（四川大学出版社，2007年影印本）。

【注释】

①假：借给、借助、凭借的意思，文中的意思是赵良嗣凭借朝奉大夫的名义出使女真。

②赍（jī）：赠予，赐予。这里指为谨慎起见，朝廷只给赵良嗣口头密旨，而未赐予其带有文字的函件。

③趋：表示快走、跑、奔赴、追求、趋向的意思，这里是女真军队分三路奔赴上京。

④除：有去掉、整治的意思，也作拜官、授职讲。在文中是一种假设，表示除非、如果的意思。

⑤辔（pèi）：驾驭牲口用的缰绳。这里是指赵良嗣上马握住缰绳，驱马而行。

⑥阿适：辽天祚帝小字。

⑦平、滦自别是一路：金臣高庆裔的意思是平、滦二州与燕地不是一回事，不在讨论之列。

⑧要约：遵守约定，“要”作动词有约请、善意地邀请，也有约定之意。这里通“邀”，指遵守、按照。

⑨千万：形容数目极多，作副词是非常、十分的意思，也有叮嘱之意，表示务必。文中粘罕说一定不会与契丹和好。

⑩恁（nèn）：如此，这样，表递进。

赵良嗣

赵良嗣（？—公元1126年），原名马植，属辽末、北宋末燕人，他祖上为辽朝大族，实际上先辈也是燕地的汉民。他本不姓赵，后因献联合女真一起伐辽取燕云的计策，而被举荐于北宋王朝，受到了徽宗的召见与嘉奖，赐姓赵、名良嗣，因此他在历史上的存名是赵良嗣。宋徽宗采纳他的建议，并委任他为秘书丞，代表北宋出使金国，与阿骨打进行洽谈。宣和二年（公元1120年）至五年（公元1123年），他与同伴一起七次赴金，并与金太祖完颜阿骨打协商夹攻辽，在此过程中与金约定，灭辽后燕云地区归还北宋。公元1125年，辽在宋金夹击下灭亡，金人极不情愿地将燕京短暂归还大宋，很快就撕毁约定，不但复占燕云地区，还举兵大举入侵北宋。北宋面临金国兵临城下的处境，群臣认为是赵良嗣惹出的祸端，要求处死他，最终他被贬郴州并被处死。但他对保卫燕京地区免受契丹祸害做出过重要贡献。《燕云奉使录》是描述赵良嗣出使金朝与金人洽谈联合灭辽，收复燕云等地的出使记录，对于我们了解宋金“海上之盟”的条款及谈判问题等具有重要的史料价值。它也对我们了解宋辽金时期燕云地区的政治、军事、经济、文化等具有重要的参考价值，是我们研究宋辽金时期北京历史和文化不可多得的第一手史料。

入燕录（节选）

——王安中

童贯与安中等至雄州，大金议尤未决。贯与安中等共议言："大金须索种种干求，贯常愤恨朝廷[1]，虽然应副，贯实惶恐。"安中曰："夷虏贪婪自古如此，又况我兵向为契丹所败，若非涿易纳款[2]，偏将来归，未易议也[3]。赵良嗣虽为朝廷不能挫彼之意，必须军中选择其辨博之士折彼泛议可也。"遂于军中得姚平仲、康随、王环等以待入燕议事。

童贯遂差姚平仲、康随、王环、良嗣等各带本军人马起发去交割燕京，平仲将家子，豪迈俊爽，以强辞折阿骨爽[4]，一夕随定。次差李嗣本统河东兵五万为前军，以种师中、杨可世拥陕西诸道兵三十万为中部，遣郭药师领常胜军自新城入固安、安次，勒兵博山。贯攸建旌纛[5]，鸣鼓吹笙，即以大军次之，俾马公直将河北、京畿兵为殿，嗣本至泸沟河，大金犹驻燕京，而良嗣、姚平仲、康随入燕京见大金国主粘罕，云："前以约十一日，今后时，何也？"姚平复曰："大事已定，并无少疑，交割燕京后时日，乃本国敦礼[6]，若先是而来，是属僭越，何问之有？若元帅求衅，妄生事端，败其欢盟，皇天照鉴，岂辅曲者？自古反盟不克享国，又况贵朝百色须求，我皇帝宽仁大度，曲就悉从，不欲少违，虑坏前约。元帅慎莫生事。"是日，师中等已营料石冈，可世又檄众曰："今日我辈正索一死耳。"乃命诸将治鞍、发刃、彀弓以卜鏖战，督嗣本渡河。阿骨爽等闻我军前后左右周环亘二百里不绝，乃谓良嗣、平仲等曰："岂敢生事，只为本国已先发军，今滞数日，所以诘耳。"即呼所属交割。

国主与阿骨爽等卷甲移灶，退舍三十里。日晡⑦，嗣本提兵入城，师中、可世相继入焉。

【导读】

宋金联合打败契丹后，按约定金应将燕京归还宋朝。宣和五年（公元1123年），金国很不情愿地将燕京交割给大宋。朝廷授王安中为庆远军节度使、河北河东燕山府路宣抚使、燕山府知府。文章记述了大宋文臣武将为收回燕京与金人斗智斗勇的情形。关于这个历史事件，《三朝北盟会编》这部宋代史学名著中有详细记载。这里的“三朝”是指宋徽宗、宋钦宗、宋高宗三朝，该书汇集了这三朝有关宋金战和的多方面史料，包括诏敕、制诰、书疏、奏议、传记、行实、碑志、文集、杂著等，兼收并蓄，按年月日标出事目，整理编排成书，故称“北盟汇编”。该书保存了许多关于宋金关系的珍贵史料，对我们研究宋金时代北京的历史具有重要的史料价值，尤其对于我们研究金国当时对燕京地区的统治，更是直接的第一手材料。

本文节选自《三朝北盟会编》卷一六。

【注释】

①贯常：一贯、经常的意思，在这里是说金国一向对朝廷充满憎恨。

②纳款：交钱。这里指代缴纳岁币。

③易：容易的、简单的。

④折：折服，使屈服的意思，这里表示姚平仲能言善辩，使得阿骨爽折服。

⑤攸（yōu）：从容。纛（dào）：用牦牛尾或雉尾制成的放在帝王车上的装饰物，多表示出使的使节手持旌杖上的装饰，是一种象征。

⑥本国敦礼：是指本国的礼节。“敦”，敦厚、淳朴厚道；也有重视、督促、劝勉之意。这里是与礼相近。

⑦晡（bū）：指申时，下午三点到五点。

王安中

王安中（公元1075年—1134年），北宋末、南宋初词人。字履道，号初寮。中山曲阳（今河北省曲阳县）人，曾担任御史中丞，宣和元年（公元1119年）授尚书右丞，宣和三年（公元1121年）升迁为左丞。他擅长诗和四六文，在当时很受推崇。但诗文大都失传，今存作品以词为主，其词时见佳构。著有《初寮集》四十卷、《后集》十卷、《内外制》二十六卷，都散佚了。《入燕录》与《三朝北盟会编》中的《平燕录》《陷燕录》一样，都是研究宋辽金时期北京政治、经济、社会、文化的重要史籍。这些真实描述燕京状况、记录燕京历史的文献，对我们研究北京的历史和风土人情具有重要意义。

后　记

“光阴寸寸催人老，寒梅年年开复开。”在即将辞别鼠年迎来牛年之际，坐在“新马太”（新街口、马甸、北太平庄）的办公桌前，要为即将付梓的《北京文选》（先秦至宋代卷）写后记，思绪忽然激荡起来，关于此事的过往逐渐浮现眼前。

印象中，大概是在2010年前后，傅华同志对我们几个热爱北京文化的相关人员提出要编一套与北京有关的文集或文选的想法。这个动议我亲耳听到傅华同志提过不止一次，我也深以为然。但后来就没有动静了。2015年11月，北京日报出版社原总编辑王宏英找到我，说这个项目已经启动，邀我担任先秦至宋代部分《北京文选》的主编。我深感责任重大和力不能逮，但基于对北京文化的热爱及对与此事相关联的领导和朋友们的情义，我毫不犹豫地表示愿效犬马之力。

这项工作在具体实施过程中比我预想的要困难很多。这是一项前人没有做过的工作。编撰《北京文选》面临的问题非常之多，也非常之难，经常有让编选者做不下去的感觉。

面临的第一个问题是，“北京”怎么解？“北京”是一个历史概念，不同的历史时期有不同的名称，“蓟”“燕”“广阳”“涿郡”“幽州”等，名称繁杂，地理和行政区划也有较大变化。“直接描写北京”的作品到底如何界定？

第二个问题是怎么把这些“直接描写北京”的“一级好作品”找出来？在搜寻直接描写北京的“一级好作品”的过程中，我们的团队才真正领略到中华文化的“博大精深”和中华典籍的“浩如烟海”。用“大海捞针”来形容这项工作无论是就外延还是就内涵来说都是再恰当不过的了。

第三个问题是选文的标准怎么定？换句话说，就是为什么要选这篇文章而不选那篇文章？在这个问题上我们走了不知多少弯路，最后在实践中逐渐摸索出“近”“知”“美”三个字的选文标准。“近”，是指与北京的关系要密切、要切近；“知”，是指选文要有向读者传播有关北京的相关历史和文化知识的功能，换句话说，我们想做一本有关北京历史和文化知识的“普及读物”；“美”，是指选文的艺术性和审美性要高。这三个字说起来、写起来都很容易，但做起来却很不容易。

第四个问题是“文选”的体例怎么定？经过反复商讨磨合，最后确定每篇选文由四方面内容构成：其一是“选文”，主要选短小精悍的诗文，长文采用节选和精选的办法；其二是“导读”，体量在500字左右；其三是“注释”，将原文注到大学文化程度可读的水平；其四是“作者简介”，体量在200字左右。这也是非常困难的工作。仅就“注释”来说，关于注到什么程度的问题就反复讨论过好几次，最初定的是“略注”原则，即尽量少注，以免影响读者的阅读情境，后来发现有问题，特别是隋唐以前的文字，还是比较难懂的，因此进行了数次调整。

第五个问题是团队合作风格如何统一？经反复商量，采用先由主编撰写若干“样篇”的办法，这若干“样篇”经过反复推敲和数次修订，最后确定下来，然后由团队成员根据“样篇”的风格和体式进行选文和编注。在分头选文和编注的过程中，主编全程指导、监测、磨合、纠偏，最后由主编逐字逐句进行调整、修改、润色，形成统一风格。

还有很多问题，诸如选文版本问题、古今字的问题、生卒年不详的作者位置排定问题等，不一一赘述。

经过长时间的史海钩沉、文山采珠，摆在读者面前的这本《北京文选》（先秦至宋代卷）总算基本完成了。

这里要非常感谢傅华同志和王宏英总编辑的信任，给了我和我们团队这样一个整理北京文化和表达情怀的机会。非常感谢杨良志和杨澄两位老师的把关和指导。特别感谢袁家方和朱祖希两位老先生的意见和建议。

同时要非常感谢我的二站博士后曹继华和研究生齐苏宁、陈婷婷、赵梦阳、李宜飞，他们承担了部分选文的题解和注释工作。还要感谢王丽娜、杨明、沈忱、李明、曾仁恕、李静宜前期所做的部分资料的收集和辨析工作。还要感谢我的研究生鲁晓双、李明珏、江盼盼、赵梦阳、刘苏、崔潇宇、李宜飞对本书的校勘、校对工作。

此为后记。

万安伦

于北京师范大学

2021年6月